KB045932

토모바시 카메츠
ill.노조미 츠바메

5

S 랭크
모험가 인 내 딸들은
심각한 파더콤
이었습니다

——슈바르츠 가문의 세 자매

차녀·도로테아

"저는 말이죠. 쓸데없는
참견을 좋아하거든요."

안나

"…………"

"어머나, 안나 씨.
오늘은 바니걸 옷을 입으셨네요?
정말 잘 어울리는데요♪"

도로테아

S 랭크 모험가 인

내 딸들은

파심한 더각콤이었습니다

5

토모바시 카메츠
ill. 노조미 츠바메

CONTENTS

Illustration 노조미 치바루

제1화

밤의 왕도.

여전히 시끌벅적한 거리의 한구석에 있는 일반 술집.

마법 학교에서 강의를 마친 나──카이젤 클라이드는 동료인 노먼과 함께 술을 마시러 와 있었다.

"우리는 지도자인 동시에 구도자가 되어야 해. 강사라는 입장에 안주하면서 훈련을 게을리한다는 것은 언어도단이다!"

탁! 하고 힘찬 소리가 울려 퍼졌다.

노먼이 손에 든 맥주잔 바닥으로 테이블을 내리친 것이다.

"이봐, 카이젤. 그렇게 생각하지 않아?!"

"어, 으음. 그렇지."

그 열띤 주장을 부드럽게 받아줬다. 그리고 대꾸했다.

"어떤 자리에서든 향상심을 잃으면 안 돼. 교육자로서 학생들에게 모범을 보여주기 위해서라도."

"그래, 너라면 그렇게 말할 줄 알았어."

만족한 것처럼 고개를 끄덕이는 노먼. 그 뺨은 약간 붉어져 있었다.

슬슬 기분 좋게 취하기 시작한 것이리라.

인상적인 모노클을 쓰고 있는 몹시 신경질적인 분위기의 남자였다.

예전에는 나를 눈엣가시로 여기면서 결투를 신청한 적도 있었는데, 지금은 화해해서 우호적인 관계를 구축하게 되었다.

이렇게 퇴근 후 같이 술을 마시러 올 정도로는 친해졌다.

"강사 중에는 자기 입장에 만족하고 자만하여 그대로 정체돼버리는 사람도 적지 않거든. 하지만 카이젤, 너는 그런 상황에서도 항상 자신을 새롭게 발전시키고 있지."

그러더니 노먼은 갑자기 훗 하고 웃었다.

"강사이자 마법사로서 참 바람직한 모습이야."

"그만해. 부끄럽잖아."

"나도 질 수는 없지. 실은 내가 최근에 새로운 연구를 시작했는데——."

그는 열정적인 말투로 이야기를 시작했다.

노먼과 같이 술을 마시면 대체로 마법에 관한 이야기가 나오거나, 학생을 어떻게 대해야 하는가 하는 교육론 이야기가 나온다.

언뜻 보면 차가워 보이는 노먼. 그러나 실제로 접해보면 그의 가슴속에 있는 뜨거운 열정이 전해져왔다.

마치 이에 감화된 것처럼.

어느새 내 말투도 열기를 띠고 있었다.

"후후…… 정말로 의미 있는 시간이야."

노먼의 얼굴에 희색이 돌았다.

"그런데 말이지. 이왕이면 이 자리에 에트라 님도 꼭 동석해주시길 바랐는데."

에트라는 나의 옛 동료였다.

고명한 마법사인데 왕도에서는 대현자라고 칭송받고 있었다. 실은 나에게 마법을 가르쳐준 스승님이기도 하고.

그런데 본인은 너무 거창하게 칭송받는 것은 좋아하지 않았다.

성격이 삐뚤어진 청개구리이기 때문이다.

지금은 나처럼 마법 학교에서 시간 강사로 일하고 있었다.

"대현자인 그 사람과 마법에 관해 기탄없이 토론해보고 싶었는데. 이봐, 일단 부르기는 했지?"

"으, 응."

나는 잠깐 침묵한 뒤 그렇게 대답했다.

"그런데 오늘은 다른 볼일이 있는 것 같았어."

"하기야 대현자님이니까. 일분일초를 아껴가면서 마법 연구를 하고 있겠지. 역시 훌륭해."

자기 마음대로 납득하고 존경심을 품고 있었다.

하지만 실상은 전혀 달랐다.

에트라의 볼일이란 것은 마법 연구가 아니라 도박이었다. 지금쯤 카지노의 슬롯머신 앞에 달라붙어 눈을 부릅뜨고 있을 것이다.

에트라는 세끼 밥보다도 도박을 더 좋아하니까.

현재 마법 학교의 시간 강사로 일하고 있는 것도, 마법을 후세에 계승시키기 위해서가 아니라 도박 빚을 갚기 위해서였다.

일단 이 술자리에도 부르기는 했다. 그러나──.

『뭐? 아니, 내가 뭐가 좋다고 일하는 것도 아닌데 마법 이야기를 해야 해? 미쳤니?』

그렇게 매몰차게 거절당했다.

『어느 슬롯머신의 성공률이 높은가! 하는 이야기라면 종일 하고 싶지만.』

  대현자라고 칭송받는 에트라. 그러나 마법에는 관심이 전혀 없었다. 그저 어느 슬롯머신 앞에 앉으면 대박이 터질까? 하는 생각만 머릿속에 꽉 차 있었다.

  그런데도 타의 추종을 불허하는 압도적인 마법사라는 지위를 계속 유지하고 있으니, 재능이란 것은 잔혹하구나……란 말이 나올 수밖에 없었다.

  "아니, 그나저나."

  "응?"

  "오늘도 이레네 선생님은 참 멋졌어……."

  시작됐구나. 그런 생각이 들었다.

  좀 전에도 말했듯이 노먼과 같이 술을 마시면 대체로 마법에 관한 이야기나 교육론에 관한 이야기가 나온다.

  하지만 그것은 처음에만 그럴 뿐이고.

  술을 많이 마시면 사랑 이야기로 넘어가게 된다.

  "이레네 선생님──그 사람은 마법 학교에 피어난 한 송이 꽃이야."

  노먼은 예전부터 동료인 이레네를 좋아했다.

  전부터 열심히 접근하고 있었지만, 아직 상대는 긍정적인 반응을 보여주지 않았다.

"그리고 아마 그 사람도 나를 좋아할 거야."

"그런가?"

지금까지는 그런 낌새는 전혀 눈치채지 못했는데.

무슨 진전이라도 있었던 걸까.

"응. 요즘 들어 자주 눈이 마주치는 느낌이 들어."

상당히 빈약한 근거였다.

무슨 사춘기 소년도 아니고……

"나는 이레네 선생님과 결혼해서 교외에 집을 살 거야. 나와 그 사람, 그리고 세피아. 그렇게 셋이 모이면 틀림없이 행복한 가정을 이루게 될 거야."

"세피아?"

처음 듣는 이름이었다.

"우리 자식의 이름이야."

"벌써 이름까지 생각해놨어?"

아무리 그래도 그건 너무 성급하지 않나?

아니, 그 전에 상대의 의견도 들어야 하지 않아?

이것저것 하고 싶은 말은 많았다.

그러나 내 입에서 맨 처음 튀어나온 말은 다른 말이었다.

"딸이구나?"

"응. '아빠!'란 소리를 듣고 싶어."

노먼은 미소를 지었다.

"아니면 '대디'도 괜찮아."

그렇군.

아내 이레네와 딸 세피아에게 사랑받는 자신의 모습을 상상한 걸까. 노먼은 칠칠치 못한 표정으로 만족스럽게 웃고 있었다.

"참고로 내 손녀한테는 '할아부지'란 소리를 듣고 싶어."

"그래, 네가 즐겁다면 그걸로 됐어."

나는 쓴웃음을 지었다. 그리고 맥주잔을 깨끗이 비웠다.

이것 참, 그야말로 술자리에 어울리는 대화구나.

그런데 이렇게 영양가 없는 이야기도 나쁘진 않았다.

"아, 맞다. 카이젤. 너 저번에 결혼 활동을 시작한다고 했잖아."

"……아. 그거?"

전에 소니아 여왕님의 계획에 의해, 내가 결혼 상대를 모집한 다는 소문이 왕도 전체에 대대적으로 퍼졌었다.

소니아는 나를 이 왕도에 붙잡아두고 싶어 했다. 그런 목적을 위해서라도 내가 왕도 주민과 결혼해주기를 바란 것 같았다.

"그래서? 결국 좋은 상대는 찾았어?"

"아니, 전혀 못 찾았어."

씁쓸하게 웃으면서 고개를 옆으로 흔들었다.

"그건 여왕 폐하의 계획이었지, 내가 원한 것이 아니었어. 애초에 애 딸린 아버지인 나와 결혼하고 싶어 하는 사람은 없을 거야."

"음, 그런가."

노먼은 왠지 안심한 것 같았다.

"너 좀 기뻐 보인다?"

"그야 뭐, 네가 결혼하면 이렇게 마음 편하게 술 마시러 가자고 부를 수도 없잖아."

"그래? 난 괜찮은데."

"너는 괜찮아도, 네 아내한테 미안해서 그래."

노먼은 이런 점에서는 묘하게 성실한 남자였다.

"너희 집 딸들은 이미 자립했으니까 괜찮을 것 같지만."

"아니, 실은 그렇지도 않아."

우리 딸들──특히 메릴은 내가 술자리에 가는 것을 싫어한다. 아빠와 같이 있을 수 없으니까.

오늘도 따라오려고 했었다.

마법 학교 친구들이 "가끔은 선생님도 좀 자유롭게 쉬시게 해드려야지" 하고 설득해줬기 때문에 메릴도 어쩔 수 없이 포기했지만.

"뭐, 아무튼 너와 같이 보내는 시간은 참으로 유익해."

노먼은 피식 웃었다.

"보다시피 나는 우수해서 말이지, 그동안 대등하게 대화할 만한 상대가 없었거든. 카이젤. 너와 만나기 전까지는 말이야."

"그래? 하긴 나도 고향에서는 동년배 친구는 없었어."

"흐음?"

노먼의 눈이 빛났다.

"그럼 내가 너한테는 최초의 동성 친구인가?"

어쩐지 기분이 좋아 보였다.

입가에 미소가 떠오르고 뺨이 붉어져 있었다.

"음, 그렇지."

나는 그렇게 대답한 후,

"……아, 아니다. 한 명 있었나."

문득 떠올렸다.

과거의 기억. 10년도 넘은 먼 옛날의 기억을.

"그건 내가 아직 왕도에 있었을 때인데. 친구? 아니, 호적수……? 아무튼 그런 녀석이 나한테도 분명히 있었어."

그 당시에는 그렇게 의식하지 않았다.

하지만 이제 와서 돌이켜보니 친구라든가 호적수라는 말이, 우리의 관계에는 잘 어울리는 표현이었을지도 모른다.

"…………."

"왜 그래?"

입을 다물어버린 노먼에게 물어봤다.

"……아니, 그냥."

묘하게 불만스러워 보였다.

"내가 뭔가 불쾌한 말이라도 했나……?"

하지만 짚이는 것이 없었다.

그런데 그때.

"이것은 질투하는 것이로구나."

"으악?! 마릴린 교장 선생님?!"

불쑥 나타난 어린 소녀.

노회한 분위기를 풍기는 이 소녀는 마법 학교 교장이었다.

아마도 마법을 사용한 것이리라.

우리 눈에는 마치 이 사람이 의자에서 쑥 튀어나온 것처럼 보였다.

"아니, 왜 여기 계세요?!"

노먼이 당황해서 말했다.

"내 눈은 왕도 전체를 주시하고 있으니까. 뭔가 재미있는 이야기를 하는 듯하여, 나도 모르게 날아오고 말았다."

장난꾸러기 같은 미소를 짓는 마릴린.

"아, 네⋯⋯."

"아까 하던 이야기를 계속할까. 노먼이 불만스러워하는 이유는 말이지, 그대의 옛 동성 친구를 질투하기 때문이란다."

"질투라고요?"

나는 무심코 그렇게 중얼거렸다.

"왜⋯⋯?"

이유를 알 수 없었다.

"허, 거참. 그대는 둔하구나."

마릴린은 어이없다는 듯이 가냘픈 어깨를 으쓱했다.

"그대는 노먼한테는 인생 최초의 대등한 동성 친구야. 그리고 노먼은 자신도 그대의 첫 번째 동성 친구일 거라고 생각했다."

하지만. 마릴린은 그러면서 말을 이었다.

"그대는 이미 다른 동성 친구가 있다고 말했지. 그래서 그 말을 들은 노먼은 배신당한 듯한 기분을 느낀 것이야."

이유는 알았다. 그런데 납득이 되지 않았다.

"헛소리!"

노먼은 흥 하고 무시하는 것처럼 웃었다.

"내가 그렇게 쪼잔한 감정을 가질 리 없잖아요? 아무리 교장 선생님이라도 그렇지. 완전히 헛다리 짚으셨다고 말할 수밖에 없겠네요."

"흠. 그럼 한번 확인해볼까?"

그렇게 말하더니.

마릴린은 손끝으로 노먼을 가리켰다.

집게손가락이 빛을 띠기 시작했다.

"이, 이건……?"

"남의 속마음을 끌어내는 마법이야. 주로 포로를 심문할 때 사용하는 거지. 나 같은 초일류 마법사만 쓸 수 있는 마법이야."

자, 간다. 그러면서 마릴린은 마법을 발동시켰다.

손끝에서 발사된 빛은 노먼의 몸을 감싸더니, 그 가슴속에 숨어 있는 마음을 언어로 바꿔서 밖으로 끄집어냈다.

"그래, 어떠냐?"

"교장 선생님의 말씀이 맞아. 나는 질투를 하고 있어!"

노먼은 그렇게 딱 잘라 말했다.

"나는 카이젤의 첫 남자가 되고 싶었어! 카이젤에게 옛 남자 친구가 있다는 사실을 알게 된 순간, 엄청난 충격을 받았어!"

굉장하구나. 이 마법. 속마음을 모조리 토해내게 했잖아.

"어때? 내 말이 맞지?"

"고등 마법을 이런 일에 사용하지 마세요."

좀 더 유의미하게 사용하셨으면 좋겠다.

그나저나──.

"설마 그게 정답일 줄이야."

노먼이 자신의 동성 친구를 질투하는 줄은 몰랐다.

이성도 아닌 동성 친구를.

"남자는 말이지, 때로는 여자보다도 더 섬세해지는 생물이야."

마릴린은 진심 어린 말투로 중얼거리고 있었다.

그 후에도 술 취한 우리의 대화는 막힘없이 이어졌다.

대화 주제는 예의 동성 친구였다.

"그 녀석은 내가 모험가였던 시절에 자주 시비를 걸었어요."

"같은 모험가였나?"

"아뇨. 마법사로서 다른 도시의 마법 학교에 적을 두고 있었죠."

"흠. 그런데 왜 그대에게 관심을 가진 거지?"

"나는 검사이지만, 마법사로서도 조금 이름이 알려져 있었거든요. 그쪽 입장에서는 그 점이 마음에 안 들었던 거겠죠."

"본업도 아닌 주제에 그것으로 남들한테 칭찬받으니까, 배알이 꼴렸다는 건가."

그러더니 마릴린은 노먼을 힐끔 봤다.

"이봐, 노먼. 그대도 그 심정은 충분히 이해하지?"

"끄응……."

노먼은 떫은 표정을 지었다.

예전에 마법 학교 출신이 아닌 내가 시간 강사로 취임했을 때, 노먼은 나를 눈엣가시로 여겼기 때문이다.

"그래서 그 녀석이 나한테 결투를 신청했어요."

"그 결과, 그대가 멋지게 이겼고?"

고개를 끄덕였다.

"그때부터 그 녀석은 틈만 나면 나한테 시비를 걸게 되었죠. 자신이 나보다 더 뛰어나다는 것을 증명하기 위해 마법 학교를 관두고 모험가가 되었어요."

"그 정도면 스토커나 마찬가지구나."

마릴린은 기막혀하는 것처럼 말했다.

"지금은 더 이상 서로 연락은 안 하는 건가?"

"네."

와이번을 토벌하러 갔다가 에인션트 드래곤의 마을 습격을 막지 못했을 때. 나는 거의 도망치듯이 왕도를 떠났었다.

아무에게도 알리지 않고.

완전히 불타버린 마을의 생존자──갓난아기 세 명을 데리고.

그때 우리의 관계도 끊겨버렸다.

"하지만 그 녀석은 레지나나 에트라와는 면식이 있었으니까요. 그 두 사람을 통해서, 내가 아이를 키우기 위해 고향으로 돌아갔다는 사실은 알게 되었을지도 모릅니다."

"그렇게 엄청난 열의가 있었다면, 그대의 고향까지 쫓아갔을 법도 한데."

하긴, 그 말을 듣고 보니…….

그 녀석이라면 충분히 그럴 것 같은 느낌이 들었다.

혹시 내가 임무에 실패한 것을 보고 실망해서, 그동안 나한테 품었던 집착이 사라져버린 걸까.

"아무튼 진상은 알 수 없겠구먼."

애초에 그는 왕도에 사는 사람도 아니었다.

더 이상 마주칠 기회는 없을 것이다.

그때 술집의 출입문이 열렸다.

그리고 한 남자가 걸어 들어왔다. 그 모습을 본 손님들은 한순간 조용해졌다.

목덜미를 덮을 정도로 길게 기른, 금실처럼 매끄러운 머리카락.

시원스러운 눈매와 날렵한 턱선. 길쭉하게 뻗은 팔다리. 그리고 그 세련된 걸음걸이는 좋은 집안에서 교육받은 티가 났다.

"와, 저 남자, 진짜 잘생기지 않았어?!"

"너무 멋있다~!"

가까운 테이블에 있는 여자 손님들이 환성을 질렀다.

확실히 중성적인 그의 외모는 매우 아름다웠다.

단순히 외모가 보기 좋은 수준이 아니었다.

그 자리에 존재하기만 해도 분위기를 밝게 만들어주는 화려함이 있었다.

"흥. 시시하군."

노먼은 못마땅한 것처럼 그런 말을 내뱉었다.

"저렇게 겉만 반지르르한 놈은 어차피 빛 좋은 개살구야. 남자의 진가는 외모가 아니라 그 성과에 의해 정해지는 것인데."

"인기 없는 음침한 캐릭터가 구질구질한 변명을 하고 있구나."

"변명이 아닙니다! 아니, 애초에 밝은 캐릭터가 더 낫다는 풍조가 있는데, 실제로 이 세상을 움직이는 사람은 우리들 같은 음침한 캐릭터라고요!"

노도처럼 거세게 항의하는 노먼.

마릴린은 그 말을 가볍게 한 귀로 듣고 한 귀로 흘리면서 대꾸했다.

"하지만 저 녀석은 제법 기골이 있어 보이잖아?"

"윽……."

금발 남자는 넋을 잃고 있는 여종업원에게 말을 걸었다.

"이봐. 물어보고 싶은 것이 있는데."

"아, 네! 뭔가요?"

"실은 사람을 찾고 있거든. 그 사람이 왕도에 있다는 것은 알지만, 정확히 어디 있는지는 몰라."

"네, 그 사람 이름이 뭔데요?"

"카이젤 클라이드."

"?!"

그 한마디는 마치 돌멩이처럼 날아와 내 기억의 샘에 파문을 일으켰다.

그렇다.

처음 봤을 때부터 어쩐지 낯이 익다고 생각했었다.

저 남자는——.

"저, 저기요! 실례지만, 괜찮으시다면 연락처를 알려주실 수 없을까요?!"

한 여자 손님이 적극적으로 끼어들었다.

"앗, 잠깐만! 새치기하지 마!"

"나, 나도, 저기요!"

그것을 계기로 술집 안의 여자들이 우르르 금발 남자에게 달려들었다.

여자들한테 둘러싸인 금발 남자는 온화한 미소를 지으면서도 딱 부러지는 말투로 말했다.

"미안. 너희들과 같이 놀 시간은 없어."

'게다가' 하고 그는 말을 이었다.

"나는 쫓기는 것보다는 쫓는 것이 더 체질에 맞는 타입이거든."

그 태도를 보고 '파고들 틈이 없다'고 판단한 것이리라.

여자들은 어쩔 수 없이 포기했다.

드디어 그 파도가 밀려가자, 여종업원이 입을 열었다.

"카이젤 씨는 지금 여기 와 계십니다. 이 가게의 단골손님이시거든요. 저기, 저 끝에 있는 테이블에——."

여종업원은 우리가 앉아 있는 테이블을 가리켰다.

그러자 금발 남자는 천천히 이쪽을 돌아봤고——.

눈이 마주쳤다.

그 순간, 금발 남자의 입가에 미소가 떠올랐다. 그것은 좀 전까지 짓고 있던 공허한 모조품 같은 미소가 아니었다.

"드디어 찾았다."

금발 남자는 똑바로 나를 보면서 말했다.

"자네를 계속 찾고 있었어. 카이젤."

눈앞에 있는 온화하게 생긴 금발 남자.

그는 여자들의 뜨거운 시선을 한 몸에 받고 있었지만, 그쪽에는 눈길도 주지 않고 오직 나만을 진지하게 응시하고 있었다.

"아는 사람인가?"

"네. 좀 전에 이야기했던 내 모험가 시절의 친구, 아니, 호적수. 대충 그런 관계였던 남자입니다."

"카이젤. 오랜만이야."

금발 남자는 입가에 부드러운 미소를 띠었다.

"내 이름을 기억해?"

"응."

나는 고개를 끄덕이며 말했다.

"리발이잖아."

"흠. 그럼, 성은?"

"뭐?"

"당연히 성까지 포함한 내 이름 전체를 말할 수 있지?"

굳이 이름 전체를 말할 필요가 있나?

의문을 느끼긴 했지만, 그 이름을 잊어버리진 않았으므로 일단 소리 내어 말해봤다.

"리발 슈바르츠."

"정답이야."

리발은 만족스러운 것처럼 한층 더 짙은 미소를 지었다.

"내 이름은 리발 슈바르츠. 카이젤 클라이드의 영원한 호적수로서, 자네를 뛰어넘어 아득히 높은 경지에 다다를 사람이다."

그는 손으로 이마를 짚고 고개를 살짝 숙이면서 선언했다.

멋있는 척하는 몸짓. 하지만 그가 하니까 정말로 멋있어 보였다.

실제로 여자들은 환호성을 지르고 있었다.

"리발 슈바르츠?! 아니, 그 슈바르츠 가문이라고?!"

"노먼, 알아?"

"마법을 배우는 자라면 누구나 한 번쯤 들어본 적이 있을 거야. 대대로 초일류 마법사를 배출한 귀족 명문가잖아."

노먼은 리발을 쳐다보면서 말했다.

"수재들만 모여 있는 슈바르츠 가문 내에서도 리발이란 남자는 한층 더 눈에 띄는 존재였지. 역대 최고의 천재 마법 검사라고 들었어."

"한때 그런 말을 들어본 적도 있지."

리발은 자조적으로 웃었다.

"나는 이미 그 가문을 버렸지만."

리발은 마법 학교 수석이었다.

슈바르츠 가문의 역사상 전례가 없을 정도로 뛰어난 천재 마법사로서, 그 가문 사람들과 마법 학교 사람들 모두의 엄청난 기대를 받고 있었다.

그러나

그 모든 것을 버리고 리발은 모험가가 되었다.

마법 학교를 그만두고 집안에서 의절을 당하면서도. 모험가인 나보다 자신이 더 잘났다는 사실을 증명하기 위해서.

"처음부터 지위와 명예가 약속되어 있었는데…… 정말 이해가 안 가."

노먼은 기막히다는 듯이 중얼거리고 있었다.

"그래, 평범한 사람은 아마도 이해하지 못할 테지."

리발은 깔끔하게 튕겨 내는 듯한 말을 뱉었다.

"나는 태어나서 지금까지 남에게 뒤처져본 적이 없었어. 나보다 잘난 사람은 이 세상에 존재하지 않는다고 믿어 의심치 않았지."

그 서늘한 눈동자가 나를 쏘아봤다.

"바로 그때였어. 카이젤을 만난 것은."

먼 옛날을 회상하는 것처럼 그는 이야기를 시작했다.

"모험가인데도 또 동시에 탁월한 마법사이기도 한 사람이 있다. 게다가 그 모험가는 대현자 에트라의 지도를 받았다고 한다.

대현자 에트라는 내가 유일하게 인정하는 마법사였어. 그 여자는 누가 봐도 완벽한 천재이자 인간의 영역을 초월한 존재였지. 에트라는 제자를 두지 않기로 유명했다. 나도 그 사람의 지도를 받으려고 한 적이 있는데, 가차 없이 거절당하고 말았어. 그런데 그 에트라가 제자로 삼은 남자가 딱 한 명 있었던 거야. 그래서 나는 그에게 관심을 가졌지. 도대체 얼마나 굉장한 실력을 가지고 있는지 한번 확인해보기로 했어. 내가 더 낫다는 것을 알려주기로 마음먹은 거야. 그리고 나는 카이젤에게 결투를 신청했다. 그는 처음에는 내키지 않는 것 같았어. 하지만 동료들이 옆에서 부추겨서 결국 받아들였지."

나는 처음에는 결투할 마음은 없었다.

그런데 에트라가 그 상황을 재미있어하면서 부추기기 시작했다. 여기서 도망치면 자동으로 상대가 너보다 더 낫다는 게 된다고.

그 당시에는 나도 아직 어렸다.

도발에 넘어가서 결국 결투를 받아들였다.

그것이 모든 것의 발단이 되리란 것도 모르고.

"실제로 싸워보고 깜짝 놀랐어. 카이젤은 마법사로서도, 또 검사로서도 초일류의 실력을 가지고 있었다."

둘 다 전력을 다해 싸웠다. 그 결투는 치열했다.

그리고 결국 나의 승리로 끝났다.

"처음이었어. 마법 검사로서 나보다 더 강해 보이는 사람을 만난 것은. 압도적인 패배감이었지. 그토록 심한 굴욕을 느껴본 적은 그 전에도, 그 후에도 없었어. 지금까지 내가 봤던 세계가 붕괴하는 듯한 느낌이었다. 나는 그동안 계속 승리했었어. 계속 승리했기 때문에 나는 나로서 존재할 수 있었던 거야. 그런데 카이젤과의 싸움은 그런 나의 정체성을 산산이 부숴버렸지. 하지만 그때 나는 기쁨을 느끼기도 했어. 그 무렵의 나는 싫증이 나 있었어. 너무나 우수했기 때문에 주변 사람들과의 격차가 심해졌거든. 그래서 삶에 대한 열정을 느낄 수 없었지. 카이젤과의 싸움은 나에게 굴욕을 준 반면에 열정을 주기도 했어."

리발은 자신의 상처를 손가락으로 어루만지는 것처럼 이야기를 계속했다.

"이대로 끝낼 수는 없다. 나는 나 자신으로 살아가기 위해서, 카이젤보다 더 뛰어나다는 것을 증명해야 한다. 그래서 나는 마법 학교를 그만두고 집에서 뛰쳐나와 모험가가 되었어. 그와 같은 환경에서 그보다 더 큰 성과를 거둬서 우월함을 증명하려고. 그는 최연소 A랭크 모험가가 됐지. 나도 지지 않으려고 공적을 쌓았다. 그러다가 마침내 거의 다 따라잡았을 때."

잠깐 뜸을 들이다가 말을 이었다.

"자네는 내 앞에서 사라졌지."

나는 와이번 토벌 임무를 수행하다가 큰 실수를 했고, 그 후 아무에게도 알리지 않고 도망치듯이 왕도를 떠났다.

물론 리발에게도 아무 말도 하지 않았다.

"자네가 모험가 일을 그만두고 왕도를 떠났다는 이야기를 들었을 때는 깜짝 놀랐어. 불타버린 마을에서 주워 온 갓난아기들의 아버지가 되기 위해서라고 했나. 충격이었어. 삶의 목표를 잃어버린 기분이었지. 그래도 나는 좌절하지 않고 계속 실력을 갈고 닦았다."

그리고. 그는 말을 이었다.

"자네가 다시 왕도로 돌아와 모험가로서 이름을 날리고 있다는 소식을 들었을 때, 나는 환호성을 지르지 않을 수 없었어. 세월이 흘렀어도 자네는 여전히 내가 알던 자네였어. 여전히 강한 사람."

그는 갑자기 미소를 지었다. 그리고 선전포고하듯이 손가락으로 나를 가리켰다.

"카이젤. 나를 이긴 사람은 내 평생에 자네 하나밖에 없었다. 이대로 자네가 이긴 채 도망치는 것은 용납할 수 없어."

"이 녀석은 말을 참 길게 하는구면."

방관하고 있던 마릴린이 완전히 질린 것처럼 말했다.

"카이젤에 대한 열정인지 집착인지 하는 것이 너무 강해서 위험해. 이쯤 되면 완벽한 스토커가 아닌가."

"흥. 그런 것치고는 지금까지 한 번도 모습을 드러내지 않으셨던 것 같은데?"

노먼은 안경 코걸이 부분을 손가락으로 누르면서 도발적인 말투로 말했다.

"이봐. 그대는 지금 묘하게 기 싸움을 하는 것 같구면?"

"아, 아니, 그런 것은 아닙니다."

"응, 그건 이런저런 사정이 있었거든. 하지만 카이젤. 나는 지난 18년 동안 단 1초도 자네를 잊어버린 날이 없었어."

"아니, 그냥 잊어버려도 괜찮았는데……."

"하하하. 자네의 농담은 변함없이 이해하기 어렵군."

리발은 가볍게 흘려 넘기더니 말을 이었다.

"카이젤. 오랜만에 결투를 해보자. 내가 자네보다 더 우월하다는 사실을 18년 만에 증명해주고 싶어."

"……내키지 않는데."

과거의——모험가였던 시절의 혈기 왕성한 나라면 받아들였을지도 모른다.

하지만 지금의 나는 달랐다.

누가 더 강한가? 하는 문제에는 더 이상 관심이 없었다.

"네가 더 우월하다고 해도 되니까. 그런 짓은 관두지 않을래?"

"아니, 이봐. 그렇게 김빠지는 소리는 하지 말아줘."

리발은 앞머리를 쓸어 올리면서 노래하듯이 말했다.

"나는 자네가 고개를 끄덕일 때까지, 어디까지든 계속 자네를 쫓아갈 거야."

"우와……."

아무리 그래도 그건 너무 싫었다.

"그냥 받아주지 그래? 불쌍하잖은가."

마릴린이 옆에서 끼어들어 한마디 했다.

"게다가 그대들은 초일류 마법사. 그런 두 사람의 결투는, 학교

학생들에게는 좋은 자극제가 될 거야."

히죽 웃는 마릴린.

"여보게, 카이젤. 사랑스러운 제자들을 위해서라도 한번 발 벗고 나서주지 않겠나?"

".........."

학생들을 위해서라는 명목을 내세우다니. 이러면 내 마음도 약해지는데.

거절할 수 없었다.

"――알겠습니다."

조금이라도 학생들의 교육에 도움이 된다면.

결투를 받아들이지 않을 수 없었다.

"고맙습니다. 교장 선생님. 솔직하지 못한 카이젤을 이렇게 뒤에서 잘 밀어주셔서."

".........."

내가 결투를 거절했던 것은, 실은 싸우고 싶지만 그 말을 입 밖에 내기가 부끄러워서 그랬던 것이다……라고 리발은 해석한 것 같았다.

그래서 '학생들을 위해서'라는 명분이 생기자 기꺼이 결투에 응한 것이라고.

아니, 난 그냥 정말로 내키지 않았던 건데…….

다음 날.

나와 리발의 결투는 마법 학교에서 하게 되었다.

훈련장에는 수많은 구경꾼이 모여 있었다.

학생들은 물론이고 마릴린, 노먼, 이레네 같은 강사들도 있었다. 또 그중에는 당연히 메릴도 있었다.

"아빠, 힘내—♪"

양손에 응원 수술을 들고 치어리더 옷을 입은 메릴은 나한테 성원을 보내고 있었다.

"자, 너희 둘도 빨리 응원해."

"아뇨. 저는 그런 모습은 좀…….'

옆에 있는 엘자가 부드럽게 거절했다.

"아니, 그런데 엘자. 기사단 일은 어쩌고 온 거야?"

그 옆에 있는 안나가 날카롭게 찌르듯이 한마디 했다.

"설마 땡땡이친 거야?"

"지, 지금은 순찰 중입니다. 이것도 순찰의 일환이에요."

"흐~~~~응?"

"뭐, 뭡니까? 그 눈빛은. 안나. 당신이야말로 어떻게 된 거예요?"

"아빠가 결투한다잖아. 무조건 봐야지, 안 그래? 모니카한테 일을 다 떠맡기고 왔어."

"그건 너무 잔인하지 않나요……?"

"평소에는 모니카가 못다 한 일을 내가 죽어라 해주고 있거든? 가끔은 걔가 내 일을 도와주기도 해야지."

꽤 떠들썩한 분위기였다.

나는 쓴웃음을 지었다. 그리고 훈련장 한가운데에서 리발과 서로 마주 봤다.

초일류 마법사이면서 또 초일류 검사이기도 한 리발의 손에는 목검이 들려 있었다.

"진검이 아니어도 괜찮아?"

"목검만 있으면 충분해."

리발은 시원스러운 표정으로 대답했다.

"난 자네를 이기고 싶을 뿐이야. 자네를 다치게 하고 싶진 않아. 게다가 저 아이들의 소중한 아버지를 빼앗을 수는 없잖아?"

리발은 내 딸들 쪽으로 시선을 돌리더니 피식 웃었다.

"뭐, 그래도 아버지의 꼴사나운 모습은 보여주게 될지도 모르지만."

"그렇게 되지 않도록 노력해볼게."

"좋아, 그럼 내가 심판을 봐주마."

마릴린이 우리 둘 사이에 자리를 잡고 입을 열었다.

"무작정 싸워봤자 끝이 나지 않을 테니까. 규칙을 정하도록 하마. 지금부터 그대들에게 방어 마법을 걸어주겠다. 일정한 타격을 받으면 소멸하는 갑옷 같은 것이지. 그 갑옷을 먼저 완벽하게 부수는 사람이 이기는 것으로 하자."

"알겠습니다."

"나도 불만은 없어."

그러자 마릴린은 고개를 끄덕이더니 우리에게 방어 마법을 걸어줬다.

마력의 갑옷이 몸을 감쌌다.

이로써 마음껏 싸울 수 있게 되었다.

우리는 목검을 똑바로 잡았다. 그리고 각자 임전태세를 갖췄다.

"──자, 그럼. 시작!"

마릴린의 신호와 더불어 결투의 막이 올랐다.

"우선 몸풀기부터 해볼까?"

리발은 그 자리에서 오른손을 들어 올리더니 마법을 발동시켰다.

그러자 그의 등 뒤에 출현한 마법진에서 수룡이 튀어나왔다.

히드라처럼 머리가 여러 개 달린 수룡. 그 머리는 각각 의지를 가진 것처럼 이쪽으로 달려들었다.

처음부터 물 속성의 상급 마법을 사용하다니.

그것도 당연하다는 듯이 영창 파기──그런데도 통상적인 주문 영창 버전과 다르지 않을 정도로 강한 마력을 지닌 수룡들이었다.

"아니, 이봐. 이게 어딜 봐서 몸풀기야?"

나도 모르게 쓴웃음을 지었다.

목검에 마력을 주입한 뒤, 이를 드러내면서 나를 잡아먹으려고 덤벼드는 수룡들의 목을 베었다.

내 공격 범위 안까지 끌어들였다가 일격에 해치운다.

조금이라도 반응 속도가 느려지면 즉시 치명상을 입는 전법이었다.

"뭐, 이 정도는 나한테는 가벼운 장난 같은 거지."

리발은 피식 웃었다. 그리고 다음 공격으로 넘어갔다.

"자, 계속해서 끈질기게 공격한다."

그가 발동시킨 것은 번개 마법——라이트닝 볼트.

그런데 그 번개는 나를 향해 발사된 것이 아니었다.

목표물은 자신이 만들어낸 수룡이었다.

——아하, 그렇구나.

수룡에 번개 마법을 부여함으로써, 검으로 방어하지 못하게 하려는 것이다.

검으로 때렸다가는 즉시 전기 충격이 온몸을 덮칠 테니까.

그럼 마법으로 응전하는 수밖에 없다.

물 마법은 안 된다. 수룡의 전기가 전파될 것이다.

불 마법이나 번개 마법으로도 저것을 완전히 없애긴 힘들지도 모른다.

그렇다면——.

"우드 실드!"

바닥을 손으로 짚고 주문을 영창하자, 발밑의 흙이 쑥 솟아올랐다.

마력을 띤 흙 방패가 수룡의 침공을 막아냈다.

서로의 마력이 충돌하면서 상쇄됐다.

흙 방패가 산산이 부서지는 것과 수룡이 뿔뿔이 흩어지는 것이 동시에 일어났다. 주변에는 와해한 흙덩이가 굴러다니고, 수룡이 남긴 냉기가 떠돌고 있었다.

"아직 한숨 돌리기에는 이르지 않나?"

"──?!"

그 직후.

돌연 얼음 꽃이 허공에 피어났다.

수룡이 남긴 냉기를 씨앗으로 삼아 피어난 얼음의 세계.

그것은 시선을 빼앗길 정도로 아름다운 광경이었다.

단, 꽃이 코앞에서 피었더라면 그 날카로운 꽃잎이 몸을 찔렀을 것이다.

말하자면 이것은 꽃처럼 생긴 폭탄이었다.

대기 중에 냉기로서 설치해둘 수 있으므로, 상대의 의표를 찌르는 공격이 가능한 것이다.

방금은 꽃이 피기 직전에 눈치채서 회피할 수 있었다. 그러나 회피하지 못했더라면 지금쯤 얼음 꽃의 기폭에 휘말렸을 것이다.

"잘도 피했구나. 역시 놀라운 반사 신경이야."

리발은 사나운 미소를 지었다.

"보통 사람이라면 방금 그 공격으로 끝났을 텐데."

"저기, 있잖아. 지금 아빠가 열세에 몰린 거 아냐?"

안나가 불안한 것처럼 입을 열었다.

"저 사람 말이야. 혹시 강해?"

"보통 두 가지 속성만 습득해도 일류라고 평가받는 오대 마법 중에서, 카이젤과 마찬가지로 모든 속성의 마법을 습득한 사람이 리발이다."

마릴린이 설명해주듯이 이야기했다.

"오대 마법을 마스터하고, 또 얼음 마법 같은 응용 마법도 다룰 줄 아는 사람이야. 그런 마법사는 현자라고 칭송받는 사람 외에는 없어."

"그럼 아빠와 비슷한 실력이라는 거야?"

"그런 셈이지."

"마법 학교 시절에는 저 녀석이 습득하지 못할 마법은 없다는 소문이 돌았었지. 명문가 슈바르츠 가문 내에서도 유독 뛰어난 재능을 보여주던 천재 마법사——."

노먼은 리발을 응시하면서 말했다.

"그게 바로 저 남자——리발 슈바르츠야."

"그토록 칭찬해주니 영광이군."

리발은 상쾌한 미소를 지으며 대꾸하더니.

"하지만 나는 마법만 쓰는 게 아니야."

그리고 다음 순간.

리발은 불 마법——파이어 볼을 발사했다.

목표물은 내가 아니었다.

파이어 볼은 대기 중에 있는 얼음 꽃들을 때렸다.

얼음 꽃들이 녹아서 그 물이 급속히 증발하더니 내 주위에 안개가 피어났다. 순식간에 앞이 보이지 않게 되었다.

"쳇."

나는 목검을 휘둘러 주위의 안개를 걷어냈다.

단번에 시야가 탁 트였다.

그랬더니——.

바로 코앞까지 달려든 리발의 모습이 보였다.

"하얏!"

리발의 찌르기 공격. 나는 검으로 막았다.

능숙하고 힘찬 일격이었다.

얼음 꽃을 포석으로 삼고 파이어 볼을 사용해서 안개를 발생시킨 후, 이쪽의 공격 범위 안으로 단숨에 뛰어든다.

물 흐르듯이 자유롭게 변하는 공격.

많은 기술을 가지고 있는 리발이라서 보여줄 수 있는 곡예였다.

그런데 또 잔기술만 많고 실속은 없는 타입도 아니었다. 그 기술 하나하나가 필살의 위력을 가지고 있으니, 보통 마법사라면 속수무책으로 당할 것이다.

나도 그저 수세에 몰려 방어전을 펼쳐야 했다.

"굉장해요……! 아버님과 저렇게 호각으로 싸우다니……!"

엘자는 우리의 대결을 보고 그런 말을 중얼거렸다.

"마법사로서 초일류일 뿐만 아니라 검사로서도 아버님에게 절대 뒤지지 않아요. 저분은 진짜 실력자입니다……!"

리발은 검술 면에서도 감히 어깨를 겨눌 만한 상대가 없었다.

마법사이면서도 동시에 검무제(劍舞祭)에서도 전인미답의 3연패를 기록할 정도였다.

어떻게 그럴 수 있었을까. 그것은 그가 물론 처음부터 탁월한 재능을 타고나기도 했지만, 특히 강한 집념을 바탕으로 피나는 노력을 했기 때문이다.

언제나 높은 곳을 목표로 하여 끊임없이 노력하는 천재.

그것이 내가 아는 리발이란 남자였다.

"흐읍!"

리발은 좀 멀리 떨어진 위치에서 찌르기 공격을 시도했다.

그 위치에서는 여기까지 닿지 않는다.

그러나——.

상대가 내지른 칼끝이 갑자기 쑥 늘어났다.

아니, 그게 아니다!

목검 끄트머리를 얼음으로 덮어서 사정거리를 늘린 것이다.

"크윽……!"

반사적으로 왼팔을 내밀어 방패로 썼다.

얼음 칼날이 왼팔에 박혔다.

간신히 치명상은 면했지만——내 몸을 감싸고 있는 마력 갑옷은, 이 공격으로 인해 상당히 큰 타격을 입었을 것이다.

"역시 훌륭해. 리발. 18년이나 지났는데도 실력이 전혀 녹슬지 않았어. 아니, 오히려 경험이 쌓인 만큼 노련해졌구나."

"이 정도는 기본이지."

리발은 피식 웃더니 말을 이었다.

"나는 언제나 자네 앞에서 부끄럽지 않은 사람이 되기 위해 꾸준히 훈련을 거듭해왔다. 호적수인 자네의 얼굴에 먹칠할 수는 없으니까."

그 말투에서는 확고한 자부심이 느껴졌다.

"카이젤. 자네는 어떤가? 언제나 내 앞에서 부끄럽지 않을 만한 사람으로서 살아왔는가? 오늘까지 해온 노력의 성과를 나에게 보여줘."

"——음, 그래."

우리는 서로 마주 보고 웃었다.

그렇게 싸움도 가경에 접어들었을 무렵.

"오, 한창 싸우고 있군."

관객들을 헤치면서 작은 사람 하나가 불쑥 나타났다.

에트라였다.

챙이 넓은 뾰족모자를 쓰고, 검은색 로브를 몸에 두른 모습이었다. 그리고 그 소박한 가슴 앞에는 카지노 경품을 넣은 큼직한 자루를 끌어안고 있었다.

"에트라 씨. 당신 지금까지 뭐 하고 있었어?"

안나가 의아하다는 듯이 물어봤다.

"응? 슬롯머신을 붙잡고 있었지."

"아빠가 이렇게 결투하고 있는데?"

"새벽같이 슬롯머신 앞에서 줄을 서는 것보다 더 중요한 일은 없어."

너무나 가볍게 그런 말을 하더니.

"야, 카이젤. 왜 그렇게 꾸물거리고 있어? 내가 가르쳐준 마법, 그걸 쓰면 한 방에 결판을 낼 수 있잖아?"

에트라는 그렇게 야유를 보냈다.

투기장 관전을 통해 단련된 성량 덕분에 그 목소리는 귀에 쏙 들어왔다.

"네가 이긴다는 쪽에 돈을 걸었으니까. 정신 차리고 똑바로 해!"

"뭐라고……?!"

리발의 표정이 달라졌다. 나는 씁쓸하게 웃었다.

"일부러 꾸물거리는 게 아니라 지금까지 계속 마력을 모으고 있었는데."

나는 리발과 싸우면서 마력을 모으고 있었다.

그동안에는 아무래도 집중력이 분산될 수밖에 없었다.

그래서 오로지 방어에만 전념해야 했다.

하지만 그것도 이제 끝났다.

"리발, 나도 멍하니 세월만 보낸 게 아니야. 너를 대할 때 부끄럽지 않을 정도로는 스스로 단련을 해왔다고 생각해."

불, 물, 번개, 흙, 바람——.

오대 마법, 그리고 그것을 바탕으로 성립되는 응용 마법.

그런데 지금부터 발동시키려는 마법은 그런 것들과는 전혀 달랐다.

에트라가 무(無)에서 만들어낸 창조 마법.

그것을 다룰 수 있는 사람은 창조자인 에트라와 그 제자인 나, 단 두 명밖에 없다. 그 외에는 누구도 그것을 다루지 못한다.

"라스트 브레이커!"

나는 모아둔 마력을 술식(術式)에 주입해 발동시켰다.

그 순간──.

천지가 갈라질 듯한 충격파가 휘몰아쳤다.

무시무시한 속도로 덮쳐오는 거대한 마력의 분류.

회피는 절대로 불가능하다.

그렇다면 여기서 선택할 방법은 딱 하나.

"하아아아아아앗!"

리발은 자신이 가지고 있는 모든 힘을 쏟아내서 마법으로 맞받아치려고 했다.

그러나.

압도적인 마력의 분류 앞에서 리발의 마법은 눈 깜짝할 사이에 사라져버렸다.

내가 발사한 마법은 그대로 리발의 온몸을 덮쳤다.

그것은 지면을 깊게 할퀴면서 대량의 흙먼지를 일으켰다.

한참 후──.

흙먼지가 걷히자, 깊게 파인 지면 위에 우두커니 서 있는 리발의 모습이 드러났다.

방어 마법의 갑옷 덕분에 어디 다친 곳은 없었다.

하지만 그 갑옷은 이미 완전히 파괴되어 있었다.

"……나는 오대 마법은 물론이고 응용 마법까지 통틀어서 못 다루는 마법이 없었어. 모든 마법을 최상의 수준으로 마스터했다."

그는 똑바로 이쪽을 보면서 말했다.

"모든 사람은 그런 나를 보고 천재라고 불렀어. 하지만 실은 그렇지 않아. 내가 가장 습득하고 싶었던 마법만은 습득할 수 없었다."

그의 입가에 미소가 떠올랐다.

자조하는 듯한 미소였다.

"저 사람——대현자 에트라가 만든 마법을 다룰 수 있는 사람은, 자네밖에 없었어."

"결판이 났구먼."

마릴린은 리발의 방어 마법이 풀린 것을 보고 말했다.

"이 시합의 승자는——카이젤이다!"

그렇게 선언한 순간.

우와아! 하고 관객들이 열광했다.

"역시 우리 아빠야! 멋졌어—!"

이쪽으로 달려온 메릴이 와락 나를 끌어안았다.

"휴, 마음이 조마조마했었어."

"치열하고 좋은 싸움이었습니다."

안나와 엘자는 안도한 표정을 짓고 있었다.

가까스로 아버지의 체면은 유지한 건가.

"아니, 그런 기술은 아끼지 말고 빨리빨리 쓰란 말이야."

에트라가 비난하는 것처럼 나에게 말했다.

"아, 뭐야? 설마 분위기를 띄우려고 일부러 타이밍을 재고 있었던 거야? 이쪽은 좀처럼 잭팟이 터지지 않는 슬롯머신을 붙잡고 있는 기분이었다고. 짜증 났어."

"준비 없이 곧바로 마법을 쓸 수 있는 너랑 똑같이 할 수는 없어. 내가 그걸 쓰려면, 충분한 마력을 모을 시간이 필요하단 말이야."

미안하지만 나는 에트라와는 사정이 달랐다.

에트라라면 방금 그 창조 마법도 주문 영창 없이 즉시 발동시킬 수 있을 것이다. 그런데도 위력은 내가 쓴 마법과 거의 비슷할 테고.

그게 바로 마법사의 정점이다.

"훌륭한 이벤트였어."

마릴린이 나를 칭찬해주려고 다가왔다.

"초일류인 그대들의 싸움을 보고 학생들도 좋은 자극을 받았을 거야. 아마도 많은 것을 배웠을 것이다."

그러더니 '하기야' 하고 웃으면서 말을 이었다.

"애초에 레벨이 너무 다르다는 사실을 눈으로 확인하고, 좌절해버린 사람도 있을지도 모르지만."

"하하……."

그렇다면 나중에 격려를 해줘야겠군.

"…………."

패배한 리발은 푹 파인 지면에 벌렁 드러누워 있었다. 하늘을 우러러보면서 마치 조개처럼 입을 꾹 다물고 침묵을 지키고 있었다.

충격을 받은 걸까?

그렇게 생각했는데——.

"후후……. 하하하하하하하하!"

그는 돌연 소리 높여 웃기 시작했다.

우리는 무심코 서로 얼굴을 마주 봤다.

"……충격이 너무 커서 정신이 이상해졌나?"

마릴린이 의심하는 것처럼 말했다.

"아뇨, 아닙니다. 나는 지금 기뻐서 웃는 겁니다."

"기쁘다고?"

"긴 세월이 흘렀는데도 카이젤은 여전히 내 이상형으로 남아 있으니까요. 지금도 변함없이 내가 넘어야 할 벽으로서, 내 앞을 가로막고 있으니까. 그게 너무나 기뻐서 견딜 수 없어요."

리발은 그렇게 말하더니 이쪽을 보면서 미소 지었다.

"카이젤. 그래, 역시 넌 나의 영원한 호적수야."

"어, 으음……."

벌렁 드러누워서 그런 말씀을 하셔도 말이죠.

"아무튼 카이젤 선생님은 대단하세요."

이레네가 말했다.

"대단하다니, 뭐가?"

"자식을 셋이나 키우면서 지금과 같은 실력을 유지하고 계시잖아요? 조건만 따진다면 리발 씨보다도 더 불리한데."

"훗…… 자네는 뭔가 착각하고 있는 것 같군."

리발은 어이없다는 듯이 피식 웃었다.

"네?"

"야, 이 자식아. 이레네 선생님을 바보 취급하면 가만두지 않을 테다."

"노먼 선생님, 그러실 필요 없어요."

"아, 네."

이레네가 타이르자 즉시 얌전해지는 노먼.

"나와 카이젤은 대등해. 오늘 이 순간에 이르기까지의 조건도."

"그게 무슨 소리야……?"

그러자 리발이 말했다.

"전에 자네들이 나한테 그런 질문을 했었지? 카이젤한테 그토록 집착하면서도, 어째서 18년 동안 그의 앞에 나타나지 않았느냐고."

"……응, 그랬지."

리발의 저 집념을 본다면, 내가 왕도를 떠나 고향 마을로 돌아갔다는 사실을 알게 되면 거기까지 쫓아왔어도 이상하진 않을 텐데.

처음에는 그가 나에 대한 집착을 버린 줄 알았다.

하지만 재회해서 알게 되었다시피 그는 여전히 나에게 집착하고 있었다.

그렇다면.

뭔가 다른 이유가 있었다는 뜻이다.

"그 이유를 가르쳐주마."

딱! 하고 리발은 손가락을 튕겨서 높은 소리를 냈다.

그 순간——.

발밑에 마법진이 출현하더니 거기서 사람이 나타났다.

그곳에 서 있는 사람은 세 명의 여자들.

눈처럼 하얀 머리카락을 기른 얌전한 소녀.

동글동글한 눈이 귀여운 분홍 머리 소녀.

그리고 눈매가 사납고 불량스러운 금발 머리 소녀.

모두 다 10대 후반 정도일까. 우리 딸들과 비슷한 나이로 보였다.

"리발. 이 아이들은 누구지?"

"소개하지. 내 딸들이다."

""허어억?!""

우리는 일제히 소리를 지르고 말았다.

특히 오래된 지인인 나와 에트라의 목소리는 한층 더 컸다.

"딸?! 제자가 아니라?!"

"누가 뭐래도 틀림없는 내 딸들이다."

리발은 딸들 뒤에 서더니 우리를 가만히 바라봤다.

"…………."

놀라서 말문이 막혔다.

리발에게 딸이 있었다니——.

"아니, 언제 딸이 생긴 거야?"

"자네가 육아한다면서 고향으로 돌아갔다는 소식을 들은 직후에."

그러더니 리발은 말을 이었다.

"카이젤이 키우는 아이들은 언젠가는 반드시 이름을 떨치는 존재가 되겠지. 그 애들이 자네의 기술을 계승할 테니까. 그때 나는 깨달았던 거야. 나한테도 자식이 있으면, 카이젤의 딸들과 경쟁시킬 수 있다는 것을."

""뭐……?""

"카이젤의 딸보다 내 딸들이 더 훌륭하다는 사실을 증명하면, 내가 카이젤보다 훌륭하다는 사실이 증명되는 셈이잖아?"

"그런 이유로 자식을 얻었다고?"

"그렇다."

리발은 가슴에 손을 얹고 미소를 지었다.

"이 남자는 생각보다 더 위험한 놈이로구나."

"설마 이토록 무서운 집념을 가지고 있을 줄이야……."

"와, 나조차도 말문이 막힐 정도야."

그 자리에 있는 모든 사람이 완전히 질려버렸다.

"아니, 그런데 자식을, 자기 목적을 위한 도구처럼 사용하는 것은 좀 그렇지 않습니까?"

이레네가 비난하는 투로 말했다.

확실히 그것은 지당한 의견 같았다.

그러나 리발은 그저 가볍게 웃어넘겼다.

"이상한 말씀을 하시는군. 부모가 자식을 낳을 때 부모의 마음속에는 오직 이기심만 존재하는 거야. 자식을 위해서 자식을 낳는 사람은 없어. 당연히 그렇지 않나? 아직 존재하지도 않으니까. 부모가 자식을 낳을 때 생각하는 것은 '자기 자신의 이익'밖에 없어. 부모는 모두 다 자신의 목적을 위한 도구로써 자식을 낳는다. 그 점에서 나와 이 세상의 부모들은 전혀 다르지 않아. 그 사실을 자각하고 있느냐, 없느냐의 차이가 존재할 뿐이지."

노래하듯이 그런 지론을 이야기한 뒤.

"물론 우리 딸들은 아무런 부족함 없이 잘 키웠어. 최고의 환경, 최고의 교육. 부모로서 할 수 있는 일은 다 해줬다고 생각해."

리발은 딸들의 어깨에 손을 올리면서 말했다.

하지만 금발 소녀는 쌀쌀맞게 그 손을 탁 쳐냈다.

반항기인 걸까.

리발은 어휴 하고 어깨를 으쓱했다. 그리고 나를 쳐다봤다.

"카이젤. 자네에 대한 나의 집념이 이 아이들을 키워낸 거야. 그러니까 실질적으로 이 아이들은 우리의 딸이라고 해도 과언이 아니야."

"아니, 그건 과언이야."

네 마음대로 나를 부모로 만들지 마.

"그런데 애 엄마는 어쨌어? 설마 네가 직접 낳지는 않았을 거 아냐?"

에트라는 모두가 속으로 생각했지만 차마 물어보기 어려웠던 것을 물어봤다.

이 거침없는 태도야말로 대현자의 관록이 아닐까.

"어머니라면 여기 있지 않나."

리발은 자기 가슴에 손을 대고 말했다.

"뭐? 아니, 넌 아빠잖아."

"나는 아버지이자 어머니야. 나 하나만 있으면 충분해."

반론을 허락하지 않는 단호한 말투였다.

무슨 사정이 있다는 것은 짐작할 수 있었다.

더 이상 자세히 캐묻는 것은 눈치 없는 행동일 것이다.

여기서 그만 순순히 물러나는 것이 어른스러운 대응일 것이다.

그러나.

"아니, 그게 말이 돼?"

여기서 굽히지 않는 사람이 에트라란 인물이었다.

"너는 아빠잖아. 엄마가 아니라. 뭐야, 너 설마 젖이라도 나와?"

"훗…… 마음만 먹으면 그럴 수도 있지."

"100% 거짓말이네. 그러면 여기서 한번 짜내보든가? 젖소처럼 힘차게 쭉— 쭉— 젖을 짜내봐. 그럼 인정해줄게."

"아니, 그 이야기는 이제 그만하면 안 돼?"

나는 두 사람을 중재하려고 했다.

누가 말리지 않으면 조만간 서로 주먹다짐이라도 할 것 같았기 때문이다.

단순한 주먹다짐으로 끝나면 다행이지. 이 두 사람이 싸우면 왕도 전체가 날아갈 것이다.

"흠, 그래. 다시 본론으로 넘어가자."

냉정을 되찾은 리발이 이야기를 계속했다.

"내 예상대로 카이젤의 딸들은 유명한 존재가 되었다. 현재 그 소녀들은 이 왕도의 간판이라고 해도 과언이 아닐 정도야."

"그것은 우리 딸들이 스스로 노력해서 얻어낸 성과이지만."

그때 리발이 피식 웃으며 말했다.

"하지만 그것도 이제 끝이야."

"……무슨 뜻이지?"

"내 딸들이 자네의 딸들을 현재 위치에서 끌어내릴 거다. 기사단, 모험가 길드, 마법 학교에서 각각 최고가 됨으로써."

대대적으로 야망을 밝히셨다.

"우리 딸들이 자네의 딸들보다 우수하다는 사실을 증명함으로써 나는 자네를 이기게 되는 거야."

그렇게 말하더니.

리발은 딸들을 둘러보면서 도전적인 웃음을 흘렸다.

"미리 경고하지. 이 아이들은 만만찮을 거야. 내가 가지고 있는 모든 힘을 쏟아부어서 키운——자랑스러운 내 딸들이니까."

리발의 딸들이 우리 딸들을 바라보는 눈빛.

그것은 자기 부모와 마찬가지로 호전적인 눈빛이었다.

그리고 우리 딸들도 리발의 딸들을 똑바로 보고 있었다.

각자의 자식들에 의한 대리전쟁.

결투의 제2부가 지금 내 의지와는 상관없이 시작되고 있었다.

제2화

며칠 후, 밤.

왕도의 서민 거주지에 있는 단독주택인 우리 집.

우리 딸들이 좋아하는 토끼 고기 스튜를 다 먹은 뒤, 우리는 거실 테이블 주위에 둘러앉아 가족회의를 하게 되었다.

의제는 리발의 딸들에 관해서였다.

"리발 씨의 따님이 기사단에 입단했습니다."

엘자가 먼저 말을 꺼냈다.

"내일부터 출근한다고 해요. 같이 기사로서 일하게 되었습니다."

"그런가. 상당히 빠르군."

"저기. 기사단이라는 게 그렇게 쉽게 들어갈 수 있는 거야?"

안나가 물어봤다.

"신원이 확실하고 전과가 없는 경우에는, 입단 시험에만 합격하면 대체로 누구나 입단할 수 있습니다."

엘자가 그렇게 답했다.

"실력만 있으면 출신은 따지지 않는다는 거구나?"

"네. 하지만 입단 시험은 난도가 높아요. 합격률이 열 명에 한 명꼴입니다."

"그런데 그 애는 합격했단 말이지?"

엘자는 고개를 끄덕였다.

"저도 입단 시험에 입회했는데요. 훌륭했습니다. 기사단 전체를 통틀어 봐도 정상급 실력이 있는 것 같아요."

"흐음. 그래, 큰소리칠 만한 실력은 있다는 거네."

"안나, 그쪽은 어때요?"

"이쪽에도 왔지. 그 딸이란 사람이. 엘자, 그쪽 기사단에는 첫째 딸이 갔지? 나한테는 둘째 딸이 왔어."

"응, 그래서 길드 마스터님의 평가는 어때?"

나는 농담조로 안나에게 물어봤다.

"나도 면접에 입회했는데, 똑똑한 아이더라고. 일도 잘할 것 같고. 자기 의견도 확실하게 가지고 있고."

아마도 높이 평가하는 것 같았다.

안나가 이렇게 남을 칭찬하는 것은 드문 일이었다.

본인이 너무나 유능하기 때문에, 남에 대한 평가 기준도 엄격한 것이다.

"그래서 채용했어요?"

"응. 우리 길드는 만년 인력 부족이거든. 쓸 만한 인재가 늘어나는 것은 좋은 일이잖아? 직장에서의 그 애의 활약도 기대하고 있어."

'다만' 하고 한마디 덧붙이듯이 말했다.

"개인적으로는 대하기 껄끄러운 타입이지만."

"?"

뭔가 거슬리는 부분이라도 있는 걸까.

평소의 안나한테서는 볼 수 없는 태도였다.

안나는 냉정한 성격이라서, 사람에 대한 호불호가 별로 없기 때문이다.

"메릴, 넌 어때?"

나는 메릴에게 물어봤다.

"마법 학교에도 리발의 딸이 왔니?"

"글쎄? 난 모르겠는데—."

"뭐?"

"아니, 메릴네 반에 들어간 전학생이 있을 거야. 성이 슈바르츠 였으니까, 틀림없이 리발 씨의 딸이야."

안나가 그렇게 설명하더니 기막히다는 듯이 말했다.

"그런데 왜 네가 그걸 몰라? 같은 반이잖아. 보통은 전학생이 오면 저절로 알게 되지 않아?"

"난 아빠 말고는 관심 없으니까."

"당신도 여전하네요……."

엘자는 쓴웃음을 짓고 있었다.

그런데 이로써 확실히 알게 되었다.

리발의 딸들이 우리 딸들의 직장에 쳐들어왔다는 사실을.

"리발 씨의 따님은 입단 시험을 볼 때 제게 선전포고를 했습니다. 기사단장의 자리는 자신이 차지하겠다고."

"나한테는 직접적으로 그런 말을 하지는 않았지만, 속으로는 당연히 그럴 계획이겠지."

리발이 말했었다.

자기 딸들이 우리 딸들을 현재의 지위에서 끌어내릴 거라고.

기사단장, 모험가 길드의 길드 마스터, 마법 학교의 수석. 그것을 전부 다 빼앗았을 때 그들의 승리는 확정된다.

"그런데 참 굉장한 집념이야……."

이 계획을 위해서 리발은 18년이란 세월을 바쳤다.

세 딸을 키우면서.

남자 혼자서 자식들을 키우는 것이 얼마나 힘든 일인지.

그것은 같은 처지인 내가 가장 잘 알고 있었다.

사실 나 같은 경우에는 마을 사람들이 도와줘서 그럭저럭 아이들을 키울 수 있었지만, 혼자였다면 도저히 해내지 못했을 것이다.

"아니, 그런데 너희 둘 다 왜 그렇게 순순히 받아들인 거야?"

메릴이 고개를 갸웃거리면서 말했다.

"엘자는 기사단장이고 안나는 길드 마스터잖아? 애초에 시험이나 면접 단계에서 걔들을 떨어뜨렸으면 됐을 거 아냐?"

그건 그렇다.

일개 학생인 메릴과는 달리, 두 사람은 그럴 권한을 가지고 있었다.

하지만.

"그럴 수는 없어요."

엘자는 단호하게 선언했다.

"그 사람은 기사단의 입단 조건을 달성했습니다. 거기에 저의 의사를 개입시키는 것은 불공평한 처사입니다."

"나도 내 호불호 때문에 사람을 내치지는 않아."

안나도 동조했다.

"사실 이쪽은 언제나 인력이 부족하다는 것도 이유 중 하나이지만. 설령 상대가 천적이어도, 쓸 만한 인재라면 무조건 내가 데려오고 싶어."

이 두 사람은 권력을 가지고 있지만, 그것을 마구잡이로 행사하지는 않는다. 설령 상대가 자신을 공격하려고 하는 사람이어도.

훌륭한 사고방식이구나. 나는 그렇게 생각했다.

"애초에 저는 질 생각이 없습니다."

엘자는 스스로 다짐하듯이 말했다.

"저는 기사단장이란 지위를 남에게 넘겨주지 않을 거예요. 아버님의 얼굴에 먹칠하지 않기 위해서라도. 반드시 이 지위를 지키겠습니다."

"응, 뭐. 그렇지."

안나는 호전적인 미소를 지었다.

"길드 마스터란 지위를 빼앗겠다는 야심을 가진 아이가 있는 편이 더 나아. 내 일에 대한 긴장감과 의욕이 생기니까."

"나도 지지 않을 거야―."

메릴도 동조했다.

"그 애를 철저히 박살 내주면, 우리 아빠가 더 훌륭하다는 사실이 증명된다면서? 그럼 사양 말고 진지하게 해볼까."

"어, 적당히 해."

나는 은근슬쩍 못을 박아뒀다.

제약에서 벗어난 메릴은 무슨 짓을 할지 몰랐기 때문이다.

"아무튼 나는 그저 지켜볼 수밖에 없지만. 너희를 응원할게."

리발의 딸들과 접함으로써 우리 딸들도 뭔가 얻는 게 있을 것이다. 서로 자극을 주고받으면 좋을 텐데.

불안하기도 했지만, 그보다는 앞으로 어떻게 될지 기대하는 마음이 더 컸다.

다음 날.

오늘은 기사단 교관으로 일하는 날이다.

공교롭게도 리발의 딸이 첫 출근을 하는 날이기도 했다.

기사단 내에서도 정상급의 실력이 있는 인물.

소문으로 들은 그 아이는 도대체 어떤 아이일까.

실제로 보는 것이 기대되었다.

아침에 내가 평소처럼 훈련한 다음에 출근했더니 연병장에 이미 기사들이 모여 있었다. 길게 정렬해 있는 기사들은 엄숙한 표정을 짓고 있었다.

"전원 집합했나?"

"아뇨. 아직 스노우 씨가 안 왔습니다!"

앞줄에 서 있는 여기사——나탈리가 보고했다.

귀여운 포니테일이 특징적인 이 소녀는 엘자를 사모하고 있었다. 그래서 전에는 한밤중에 우리 집에 몰래 침입하려고 한 적도 있었다.

"첫날부터 지각인가?"

늦잠이라도 자는 걸까?

아니면 오는 도중에 무슨 일이라도 생겼나?

"어? 하지만 나는 그 사람을 봤는데?"

"네, 나도 봤어요."

"제가 왔을 때는 이미 출근해서 와 있었는데요."

술렁거리는 기사들 사이에서 차례차례 증언이 나왔다.

"뭐? 그럼 일단 출근은 했다는 건가? ……이상하네. 대체 어디로 사라진 거지?"

"아버님, 저기 저쪽에……."

옆에 있는 엘자가 나에게 속삭였다.

나는 엘자의 말에 따라 그쪽으로 시선을 돌렸다.

연병장에 있는 연습용 허수아비 같은 표적——훈련용 인형 뒤에 숨어서 얼굴만 살짝 내밀고 있는 아이가 있었다.

슬그머니 이쪽의 상황을 살펴보고 있었다.

"저기, 혹시 자네가 스노우인가?"

"……!!"

상대는 나에게 들켰다는 사실을 눈치채자마자 당황해서 고개를 쏙 집어넣었다.

한참 후——.

조심스럽게 얼굴을 내민 그 소녀는 또다시 나와 눈이 마주치자, 화들짝 놀라 순식간에 도로 들어가 버렸다.

"……설마 나를 무서워하는 건가?"

"제가 가서 살펴보고 오겠습니다."

엘자가 그 훈련용 인형 쪽으로 뛰어갔다.

나와 기사들은 한동안 그 상황을 지켜봤다.

잠시 후——.

엘자는 몸집이 작은 소녀를 어깨에 메고 돌아왔다.

마치 사냥한 사냥감 같았다.

가까이 다가올수록 그 모습이 점차 선명하게 보였다.

흰 눈 같은 머리카락.

조금 몽롱해 보이는 눈동자, 단정한 얼굴 생김새, 속세에서 벗어난 듯한 그 분위기까지 포함해서 어쩐지 요정처럼 보이는 소녀였다.

"다녀왔습니다."

엘자의 어깨에 걸쳐져 있는 스노우에게 나는 질문을 던졌다.

"왜 그런 곳에 숨어 있었어? 출근까지 했으면서."

"……나갈 타이밍을 놓쳐버려서."

스노우는 눈을 맞추지 않고 조그맣게 중얼거렸다.

"타이밍?"

"처음부터 줄을 서서 기다리면, 누가 말을 걸 것 같아서 싫었어. 그래서 일이 시작되기 직전에 딱 맞춰서 대열 속에 끼어들려고 했어.”

‘그런데’ 하고 말을 이었다.

“점점 사람이 많아져서. 나갈 타이밍을 찾는 사이에, 스노우를 제외한 다른 사람들이 전부 다 모이는 바람에. 스노우는 나가지 못하게 되었다는 에피소드⋯⋯.”

스노우는 무슨 연극이라도 하는 것처럼 중얼거렸다.

“여기까지. 지난 줄거리.”

“그렇군.”

일단 사정은 이해했다.

“근데 그런 건 굳이 신경 쓰지 않아도 되잖아? 그냥 적당한 때 나와서 대열 속에 슬쩍 끼어들면 됐을 텐데.”

“그것은 밝은 캐릭터의 사고방식⋯⋯!”

지금까지는 억양이 없었던 스노우의 말투에 갑자기 힘이 실렸다.

“밝은 캐릭터는 이해 못 한다고⋯⋯! 우리처럼 음지에서 살아가는 음침한 캐릭터는, 불필요하게 주목받는 것이 제일 무서워⋯⋯!”

“그래?”

“칭찬받아서 주목받는 것은 좋아. 승인 욕구가 마구 채워져서 황홀해져. 하지만 그 외의 경우에는, 최대한 눈에 띄고 싶지 않아⋯⋯!”

“그런 사고방식도 있구나.”

이 아이의 논리는 파악했다.

"그런데 지금 너는 엄청나게 주목받고 있잖아?"

"……!!"

기사들의 시선을 한 몸에 받고 있었다.

그 사실을 눈치챈 순간, 엘자의 어깨에 얹혀 있는 스노우의 얼굴이 눈 깜짝할 사이에 새빨갛게 변했다.

"……흐윽."

표정은 달라지지 않았지만, 급격한 수치심을 느끼고 있다는 것은 전해져왔다. 그 아이는 힘없이 고개를 푹 숙이더니 체념한 것처럼 중얼거렸다.

"스노우의 기사 인생, 이렇게 막을 내리다……!"

"아니, 아직 첫날이잖아."

막이 오르지도 않았는데.

"그나저나 얘가 이렇게 자의식 과잉인 타입, 아니, 소극적인 타입인 줄은 몰랐어. 엘자의 이야기를 듣고 상상했던 이미지와는 많이 달라."

"아뇨, 입단 시험을 볼 때는 훨씬 더 당당한 태도였습니다."

엘자는 곤혹스러운 표정으로 말했다.

"낯가림이 심하다는 것도, 또 소극적인 성격이란 것도 전혀 티가 나지 않았어요. 머리끝에서 발끝까지 자신감이 철철 흘러넘쳤는걸요."

그러자 기사들도 저마다 기억을 더듬기 시작했다.

"하긴, 그때는 완전히 달랐지."

"허리도 꼿꼿이 펴고 있었고."

"수많은 사람 앞에서도 전혀 위축되지 않았는데."

증언만 들어보면, 지금 이 스노우와는 하나도 안 닮은 느낌이었다.

마치 다른 사람 같았다.

"혹시 이중인격 같은 거야?"

"……뭐야? 그 설정은. 멋지잖아."

스노우는 눈을 반짝 빛냈다.

이 반응을 보니까 이중인격도 아닌 것 같았다.

"이봐, 스노우. 어때, 잘하고 있어?"

그때 친근한 목소리가 연병장에 울려 퍼졌다.

그쪽을 돌아봤더니 리발이 거기 와 있었다.

"……아빠님!"

그 순간 스노우의 표정이 확 밝아졌다.

"리발, 애가 어떻게 지내나 보러 온 거야?"

"자랑스러운 내 딸의 용맹한 모습이 보고 싶어서 왔지."

"딸 바보구나."

나는 나 자신에 관해서는 깔끔하게 잊어버리고 그런 말을 했다.

"아니, 그런데 아빠님이라니. 좀 그렇지 않아?"

"어때, 멋진 호칭이지?"

리발은 우쭐거리는 표정으로 앞머리를 쓸어 올리더니 말을 이었다.

"스노우, 어떠니? 기사단장이 될 수 있을 것 같아?"

"……물론이지. 카이젤의 딸은, 나도 꼭 이겨야만 하는 상대이니까. 스노우가 반드시 기사단장의 자리를 빼앗을 거야."

"갑자기 기운을 차렸네."

조금 전까지 풀 죽어 있었던 것이 거짓말같이 느껴질 정도로. 물 만난 고기처럼 생기가 넘치고 있었다.

"아, 그러고 보니 입단 시험 당시에도 리발 씨가 동석하셨습니다. 시험을 치르는 모습을 옆에서 지켜보고 계셨어요."

리발, 저 녀석. 입단 시험까지 보러 온 건가.

마치 수업 참관이라도 하는 것 같군.

"스노우는 다소 낯가림을 하는 편이거든. 내가 옆에 있으면 괜찮지만, 내가 없으면 금방 위축되는 타입이야."

아버지가 곁에 있으면 안심하고 당당하게 행동할 수 있지만, 없는 곳에서는 불안해서 좀 전처럼 되어버리는 것이다.

다시 말해.

"파더콤이구나."

"파더콤이군요."

나와 엘자는 같은 견해를 내놓았다.

스노우는 심각한 파더콤인 것이다.

그 점에서는 엘자와 멋진 싸움을 펼칠 수 있을지도 모르겠다.

기사단 훈련이 시작됐다.

나는 교관으로서 기사들에게 검술을 가르쳤다.

기사들은 모두 다 갑옷을 입은 상태로 달리기를 하러 나갔다.

싸움하려면 우선 기초적인 체력이 가장 필요하다. 체력이 바닥 나서 기진맥진해졌을 때 제일 공격당할 가능성이 높기 때문이다.

"워밍업으로 왕도를 100바퀴나 돌고 오라니, 너무해……!"

"이건 아무리 해도 익숙해지지 않아~!"

"지옥입니다, 지옥~!"

그동안 훈련을 계속해온 덕분에 모두 처음보다는 훨씬 더 체력 이 좋아졌다. 그래도 50바퀴가 넘어가면 슬슬 상황이 달라졌다.

기사들의 발걸음은 무거워졌다. 당장이라도 탈진해 쓰러질 것 같은 표정이었다.

그것도 당연했다.

그냥 뛰기만 한다면 몰라도, 실전과 마찬가지로 갑옷까지 입고 있으니까.

단순하지만 그래서 기초 체력의 차이가 확연히 드러나는 훈련 이었다.

평소에는 늘 엘자 혼자만 독주하고, 나머지 기사들은 한 덩어 리가 되어 따라가는 장면이 펼쳐졌다.

그러나.

"……다다다다닷."

오늘은 남들보다 월등한 사람이 하나 더 있었으니──스노우 였다.

스노우는 양팔을 벌린 독특한 포즈로, 스스로 달리는 효과음을 입으로 내면서 엘자 뒤에 딱 달라붙어 쫓아가고 있었다.

갑옷을 입었음에도 불구하고 마치 깃털처럼 가벼운 발걸음이었다.

"오, 굉장한데?"

나는 손에 들고 있는 단말기를 보면서 중얼거렸다.

이 단말기는 마도기였다. 원시(遠視) 마법 영상을 보여주는 도구였다. 이것을 이용해 기사들이 달리는 상황을 파악할 수 있는 것이다.

"이 정도는 기본이지. 저 아이는 나한테 지도를 받으면서 자랐으니까."

리발은 자랑스러워하면서 웃었다.

"우리는 수행을 하기 위해 세계 각지를 전전했어. 스노우는 산속에서 장기간 서바이벌 생활을 한 적도 있어."

산속을 뛰어다니면서 손에 넣은 압도적인 각력.

왕도에서 쾌적한 생활을 하는 기사들이 이에 대적할 수 있을 리 없었다.

스노우는 멍~해 보이는 외모와는 달리 야생아였다.

"미안하지만 이 싸움에서는 우리 스노우가 이길 거야."

리발은 사나운 미소를 지으며 나를 쳐다봤다.

달리기 경주는 치열한 접전이었다.

엘자도 스노우도 둘 다 전혀 속도를 늦추지 않고 달리고 있었다.

두 사람은 이미 99바퀴를 돌았다.

지금부터는 막판 스퍼트.

엘자가 돌바닥을 박살을 낼 듯이 힘차게 박차더니 한층 더 빠르게 달렸다. 그러자 스노우도 지지 않고 가속했다.

"1등은 양보할 수 없습니다!"

"……이기는 사람은, 나."

경쟁하면서 달리는 두 사람.

마침내 골인 지점인 연병장으로 이어지는 마지막 직선 코스에 들어섰다. 엘자와 스노우는 자신이 가지고 있는 모든 힘을 쥐어짜 미친 듯이 달렸다.

"달려, 달려! 거기다! 파고들어————!"

"엘자! 지지 마!"

나와 리발은 단말기 영상에서 눈을 떼지 못했다.

각자 소리 내어 응원했다.

처음에는 아무 생각 없이 지켜보고 있었는데, 막상 경기가 치열해지자 부모로서 저도 모르게 흥분하고 말았다.

그런데 우리의 이런 모습은 제삼자가 보기에는 마치 경마라도 즐기고 있는 것처럼 보이지 않을까.

엘자와 스노우는 서로 끊임없이 앞서거니 뒤서거니 하다가, 마침내 골인 지점인 연병장 부지의 경계선을 거의 동시에 통과했다.

"누가 먼저야?!"

"영상으로 확인해보자."

단말기가 포착한 영상은, 짧은 시간이라면 되감아서 볼 수 있다.

나는 시간을 되돌렸다.

그리고 두 사람이 골인하는 순간을 찔끔찔끔 재생하면서 확인해봤다.

"⋯⋯동시에 들어왔군."

"그런 것 같네."

엘자와 스노우는 동시에 결승선을 밟았다. 아주 근소한 차이로도 우열을 가릴 수 없을 정도로 완전히 똑같은 타이밍이었다.

"그래, 역시 자네의 딸이라고 할 만해."

그러더니 리발이 말을 이었다.

"하지만 우리 스노우도 제법이었지?"

"응."

나는 고개를 끄덕이며 대답했다.

"엘자와 대등하게 싸우다니, 굉장해."

부모들끼리 이렇게 딸의 건투를 칭찬하는 동안.

"스노우 씨, 멋진 달리기였습니다."

"⋯⋯이 정도는 기본이지."

스노우의 입가에 문득 미소가 떠올랐다.

"⋯⋯당신도 꽤 훌륭했어."

"칭찬해주셔서 기쁘네요. 영광이에요."

딸들도 서로 마주 보면서 웃고 있었다.

"아, 그러고 보니 다른 기사들은?"

"아직도 멀리멀리 저 뒤에서 뛰고 있어."

단말기에는 비틀비틀 좀비처럼 뛰고 있는 기사들의 모습이 비치고 있었다.

두 사람이 너무 빨리 골인하는 바람에, 결국 그들은 나머지 기사들이 골인할 때까지 참으로 긴 시간을 기다리게 되었다.

달리기 훈련을 마치고 근력 운동을 했다. 그 후 대련으로 넘어갔다.

기사들은 각각 일대일로 붙어 목검을 들고 싸웠다.

계속되는 훈련으로 인해 그들은 모두 육체적으로 완전히 지쳐서, 온몸에 마른 진흙을 뒤집어쓴 것처럼 움직임이 둔해진 상태였다.

그러나 여기서도 여전히 스노우는 남달랐다.

대련 상대인 나탈리의 칼질을 모조리 아주 쉽게 피하더니, 바늘구멍을 통과하는 듯한 정확성을 발휘하여 단번에 나탈리의 정수리를 내리쳤다.

"크아아아아아앗!"

회심의 일격을 먹은 나탈리는 공중제비를 넘으면서 쓰러졌다. 정수리를 붙잡은 채 끙끙거리며 두 다리를 버둥버둥 움직이고 있었다.

"……내가 이겼어. 브이."

스노우는 여전히 무표정한 얼굴로 손가락을 브이 자로 만들었다.

완벽하게 상대를 때려눕힌 것이다.

"나탈리, 괜찮아요?"

엘자는 힘 빠진 개구리처럼 뻗어버린 나탈리에게 물어봤다.

"아, 아뇨, 나 죽어요~! 머리가 깨질 것처럼 아파요……. 아니, 이미 깨졌어요……! 이러다가는 돌이킬 수 없는 사태가 벌어질 거예요오오!"

"네?! 그렇게 심각해요?! 그, 그럼 어떻게 해야……."

허둥거리는 엘자.

그 모습을 본 나탈리는 히죽 웃더니 가냘픈 목소리로 애원했다.

"엘자 씨가 나한테 무릎베개를 해주고, 살살 어루만지면서 달래주고, 엘자 손은 약손~이라고 해주면 나도 왠지 괜찮아질 것 같아요……!"

응?

"그런 것만 해줘도 되나요? 붕대를 감거나, 아버님께 부탁드려서 회복 마법을 걸어주는 것이 낫지 않을까요……?"

"아뇨, 환자인 내가 원하잖아요. 이게 더 확실해요!"

엄청난 압력이다.

머리가 깨질 듯이 아프다는 사람이 보여줄 만한 성량이 아니었다.

"아, 네. 그렇게 해서 소중한 인명을 구할 수 있다면……."

주문받은 대로 엘자는 쓰러져 있는 나탈리를 자기 무릎 위에 눕

했다. 그리고 환부인 머리를 살살 달래듯 천천히 어루만지면서 중얼거렸다.

"에, 엘자 손은 약손~."

"우헤헤헤. 행복하다아아아아아."

나탈리는 행복에 겨워 신음했다.

침을 흘리면서 욕망을 마음껏 드러내고 있었다.

쓰러져도 결코 그대로 주저앉지 않는다. 나탈리는 위기를 기회로 바꾼 것이다. 참 다부지긴 한데, 남들이 저걸 보고 배우진 말았으면 좋겠다.

"어때요. 이제 건강해졌나요?"

"어, 딱 하나만 더 해주시면 될 것 같은데요. 엘자 씨와 내가 가족이──."

"이봐, 잠깐."

좀 지나치게 선을 넘고 계시는데.

나는 나탈리의 폭주를 막기 위해 회복 마법을 사용했다. 내가 내민 손바닥에서 생겨난 빛이 그 머리의 상처를 순식간에 치료해 줬다.

"자, 이제 다 나았네."

"크으윽…… 아깝다~!"

우리가 그런 짓을 하는 동안에.

기사들은 스노우의 실력을 보고 경탄하고 있었다.

"굉장한데? 벌써 열 명이나 해치웠어."

"아무도 저 친구한테 일격을 먹이지 못했잖아."

"입단하고 나서 이렇게 금방 두각을 드러낸 녀석은, 기사단의 오랜 역사를 통틀어 봐도 엘자 기사단장님 정도밖에 없지 않아?"

"엘자 기사단장님과 저 사람 중에 누가 더 강할까?"

스노우는 기사 한 명을 때려눕힌 후 천천히 엘자에게 다가왔다. 그리고 목검 끝으로 엘자를 겨눴다.

"……엘자. 기사단장의 자리를 걸고 여기서 나와 싸우자."

그것은 선전포고였다.

그러나.

"죄송하지만 그럴 수는 없습니다."

단칼에 거절당했다.

"……………그런가."

잠시 사색의 시간을 가지더니.

스노우는 바닥에 무릎을 꿇고 앉아서.

"……기사단장의 자리를, 주세요."

갑자기 이마를 바닥에 비비면서 납작 엎드려 절했다.

"네?!"

엘자도 이 상황에서는 놀라지 않을 수 없었다.

"대, 대체 뭐 하는 거예요?!"

"부탁하는 방식이 잘못됐나 생각해서."

스노우는 그렇게 말하더니 고개를 깊이 숙였다.

"이렇게— 부탁드립니다."

"그게 문제가 아닙니다!"

엘자는 당황하여 얼른 스노우의 고개를 들게 하면서 말했다.

"기사단장은 책임이 있는 자리입니다. 그러니까 제 마음대로 정할 수 없다는 뜻입니다. 많은 분께 폐를 끼치게 되니까요."

"......?"

잘 이해하지 못한 것 같았다.

하기야 스노우는 세계 각지를 전전했다고 하니까. 조직에 소속되어본 경험이 거의 없어서, 그것을 잘 상상하지 못하는 것도 이해가 갔다.

기사단장은 단순히 기사단의 일인자가 아니다. 왕도의 온갖 조직과 관계를 맺고 연대하는 입장이다.

그런데 갑자기 기사단장이 바뀐다면? 주위도 당연히 혼란에 빠질 것이다.

"아무튼 기사단장 자리를 걸고 싸울 수는 없습니다."

"......아쉽다."

실망하여 어깨를 축 늘어뜨리는 스노우.

그 모습을 본 엘자는 "다만" 하고 한마디 덧붙였다.

"대련 상대가 되어드릴 수는 있습니다."

"그래, 그거면 되잖아?"

리발이 도와주려는 것처럼 말했다.

"대련으로 엘자를 쓰러뜨리고 자신의 실력을 모든 사람 앞에서 증명하는 거야. 그러면 저절로 기사단장의 자리도 네 것이 될 것이다.”

“……그렇군요. 납득.”

아버지의 말씀을 듣고 스노우는 납득한 것 같았다.

“응, 그럼 정정당당하게 싸우자.”

그리하여 결국 대련하게 되었다.

연병장 중심부.

엘자와 스노우는 목검을 손에 들고 마주 섰다.

나와 리발과 기사들은 마른침을 꿀꺽 삼키면서 그 모습을 지켜보고 있었다.

“아, 아니, 저 자세는 뭐야……?!”

기사들은 스노우의 자세를 보고 술렁거렸다.

스노우는 양손에 목검을 들고 있었다.

이도류(二刀流)였다.

“좀 전까지는 평범하게 싸웠잖아?”

기사들과 대련할 때는 목검을 한 자루만 사용했었다.

그때 리발이 의기양양하게 해설을 해줬다.

“스노우는 본디 이도류의 검사야. 검 두 자루가 갖춰졌을 때 진짜 실력을 발휘하지. 즉, 좀 전까지는 자기 실력의 절반도 발휘하지 않고 싸웠다.”

“그런데 왜 이도류인가요?”

엘자는 스노우에게 물어봤다.

이도류의 검사는 상당히 보기 드물었다.

"⋯⋯좋은 질문입니다."

스노우는 그 질문을 기다렸다는 듯이 만족스럽게 미소를 지었다.

"여기에는 중대한 이유가 있지⋯⋯."

그렇게 의미심장한 대사를 읊었다.

뭔가 엄청난 에피소드라도 있는 걸까?

예를 들면 자신의 소중한 사람이 검을 맡겼기 때문에, 원래 자기가 쓰던 검까지 포함해서 두 자루를 사용하는 이도류가 되었다든가. 그런 감동적인 사연이 있는 걸까.

"그, 그 이유가 뭐죠⋯⋯?"

"검은 두 자루를 드는 것이 더 멋있으니까."

자랑스러운 표정으로 그렇게 대답하는 스노우.

정말 단순한 이유였다.

"실은 양손과 양발을 다 써서 사도류가 되고 싶었어. 하지만 양발로 검을 쥐면 움직이지 못하게 된다는 것을 깨달았지."

그것도 그렇지만, 애초에 이도류는 그렇다 쳐도 사도류까지 가면 오히려 멋없지 않나?

양발로 검을 붙잡으면 상당히 꼴사나운 모습이 될 것 같은데.

하기야 가치관은 사람마다 다르지만.

"그런데 리발. 이도류는 가르치기 힘들지 않았어?"

"뭐, 그래도 저 애가 무조건 그게 좋다고 하니까 어쩔 수 없었지. 저 아이의 의향을 존중해서, 마음껏 이도류로 실력을 발휘할 수 있도록 지도해줬어."

그리고 리발은 이어서 말했다.

"자, 스노우! 네 검술을 보여줘라!"

"……이해 완료. 알겠습니다."

스노우는 이에 응하듯이 양손의 검을 교차시켰다.

먼저 움직인 것은 상대편이었다.

스노우는 힘차게 지면을 박차고 하늘 높이 도약했다.

거의 수직으로 날아올랐다.

뭐 하려는 거지? 하고 생각했을 때.

쑥 하고.

스노우는 공중에서 몸을 앞으로 숙이더니, 마치 보이지 않는 투명한 벽을 박차기라도 한 것처럼 엘자를 향해 탄환같이 돌진했다.

"바람 마법인가?!"

내 앞에서 리발은 분명히 말했었다. 딸들한테는 자신이 가지고 있는 모든 힘을 쏟아부었다고.

초일류 검사이자 초일류 마법사인 리발.

그의 지도를 받은 스노우도 두 가지를 모두 계승한 것이었다.

즉, 스노우는 마법 검사였다.

"으……?!"

엘자는 아슬아슬하게 스노우의 돌진을 피했다.

저렇게 가속해서 힘이 실린 검에 찔렸다가는, 무사하지 못할 터.

받아치려고 해도 그 공격이 너무 거세서 힘겨루기에서 질 게 뻔했다.

스노우는 지면에 착지했다. 그리고 그 기세를 살려 또다시 공중으로 도약했다. 엘자에게 반격할 틈을 주지 않았다.

보이지 않는 벽을 걷어차고 한 번 더 탄환처럼 돌진했다.

움직임을 멈추지 않고 자유롭게 허공을 달렸다.

어떻게 저런 일이 가능한가. 그것은 저 소녀의 뛰어난 바람 마법의 재능과, 산속에서 서바이벌 생활을 하면서 기른 압도적인 각력과 체력 덕분이었다.

"이대로 계속하면 끝이 없겠네요……! ──자, 공격합니다!"

직선으로 돌진하는 스노우와 맞서 싸우려고 대치하는 엘자.

엘자는 적이 자신에게 달려드는 타이밍에 맞춰 이판사판으로 검을 휘둘렀다.

그 순간이었다.

돌진하는 도중에 스노우의 궤도가 달라졌다.

직선이었던 궤도가 위쪽으로 확 튀어 올랐다.

그렇게 자신을 덮치는 검을 피하더니, 스노우는 엘자의 머리 위를 뛰어넘었다.

"아차!"

완전히 허를 찔렸다.

스노우는 엘자의 등 뒤에 착지한 후 잽싸게 반격에 나섰다. 이번에는 발밑의 바닥을 박살 낼 듯한 기세로 힘차게 발을 내디디면서 돌진했다.

튕겨 나가듯이 뒤를 돌아보는 엘자. 반사적으로 목검을 내밀어 그 공격을 받아냈다.

그러나.

달려드는 적의 힘을 이기지 못하고, 저 멀리 뒤쪽으로 휙 날아가 버렸다.

그대로 연병장 부지를 둘러싼 벽에 등에서부터 쾅 부딪쳤다.

"……기회다."

즉시 스노우는 추가 공격을 하려고 덤벼들었다.

공격 가능한 범위에 들어감과 동시에.

몸을 회전시켜서 회오리바람처럼 양손의 검을 휘둘렀다.

엘자는 재빨리 일어나서 상대의 공격에 대처했다. 종횡무진, 두 자루의 검이 겨울 폭풍처럼 엘자를 덮쳤다.

"윽?! 기술이 너무 다양해서, 저 검술을 파악할 수 없어요……!"

"어때? 이게 바로 스노우의 실력이야."

리발은 나를 보고 의기양양한 표정을 지었다.

딸 바보의 면모를 한껏 보이면서.

"그래, 확실히 스노우의 검술은 훌륭하군. 이도류에 바람 마법을 더하는 전법은, 검과 마법이 둘 다 일류가 아니면 쓸 수 없는 전법이야."

"후후. 그렇지? 그래, 그래."

"하지만 우리 딸도 결코 그보다 못하진 않아."

"뭐?"

"……이상해. 완벽하게, 몰아갈 수 없어."

차츰 스노우의 안색이 어두워지기 시작했다.

폭풍처럼 노도의 공격을 펼치는 스노우. 그만큼 상대에게 타격은 주고 있었지만, 결정타를 가하지는 못하고 있었다.

엘자는 결정타가 될 만한 일격만은 어떻게든 막아내고 있었다. 아니, 그 정도가 아니라 서서히 상대의 검술을 파악하고 있었다.

"……어째서? 이럴 리가……."

"아버님과의 대련은 훨씬 더 힘들었으니까요!"

엘자는 순간적인 빈틈을 노려 방어에서 공격으로 전환했다.

"여깁니다! ──이야압!"

날카로운 기합이 들어간 일격.

그러나.

그 검을 휘둘렀을 때 스노우는 이미 허공으로 후퇴한 상태였다.

야생아로서의 본능이 경종을 울린 걸까? 공격당하기 직전에 엘자의 반격을 눈치채고, 후퇴하는 길을 선택한 것이다.

"……위험했어. 피하지 않았으면, 당했을 거야."

스노우는 네발짐승처럼 허공에 양손과 양발로 착 달라붙더니 안도의 한숨을 쉬었다. 그것만 봐도 아슬아슬한 공방전이었음을 알 수 있었다.

"……지상전은 피해야 해."

"맞아, 스노우. 그러면 돼."

리발은 딸의 선택에 만족하여 고개를 끄덕였다.

"카이젤. 자네 딸은 마법은 못 쓰지? 그리고 내 기억에 의하면 자네의 검술 중에는, 하늘에 있는 스노우를 쓰러뜨릴 만한 기술은 없을 거야."

'요컨대' 하고 자신만만한 미소를 지으면서 그는 말했다.

"자네 딸은 스노우를 쓰러뜨릴 수 없다는 뜻이야."

"그렇군."

나는 그 말에 대답했다.

"실제로 엘자는 마법을 쓰지 못해. 내가 가르쳐준 검술만으로는, 공중전에서 스노우를 이기지는 못할 거야."

'하지만' 하고 나는 말을 이었다.

"엘자는 왕도에 오고 나서 많은 사람을 만났다. 저 녀석은 내가 아닌 다른 사람한테서도 많은 것을 흡수했어."

공중에 있는 스노우를 조준하는 것처럼.

엘자는 목검을 머리 위로 높이 치켜들었다.

그 순간, 엘자를 둘러싼 공기가 확 달라졌다.

"저것은——레지나의 공격 자세……?!"

나 혼자만이 아니었다.

엘자는 레지나의 지도도 받은 것이다.

레지나의 특기.

그것은 검을 휘둘러 참격(斬擊)을 날리는 기술——.

"하아아아아아앗!"

엘자는 공중을 향해 목검을 날카롭게 휘둘렀다.

그 순간.

대기를 가르면서 참격이 하늘 높이 달려 나갔다.

"……헉?!"

피할 틈도 없는 속도와 규모.

허공에 있는 스노우에게 날아든 참격이 정확히 명중했다.

날개 잃은 새처럼 힘없이 떨어진 스노우는 그대로 바닥에 쓰러졌다. 그래도 여력을 쥐어짜서 몸을 일으키려고 했다. 그러나 그 순간.

쓱 하고.

목검의 칼끝이 스노우의 눈앞에 나타났다.

"제가 이겼습니다."

엘자는 당당한 말투로 그런 말을 뱉었다.

더 이상 만회할 수 없는 상황.

이 정도면 완전히 승부가 난 것이리라.

"……굉장해."

스노우의 입에서 거품 같은 한마디가 작게 흘러나왔다.

"……스노우보다 멋진 검사. 처음 봤어."

엘자의 검술이 충격이었나 보다.

스노우는 그 자리에 무릎을 꿇더니.

"졌습니다."

이마를 바닥에 딱 붙이고 항복 선언을 했다.

깔끔한 태도였다.

"스노우 씨의 검술도 훌륭했어요."

엘자는 빙그레 웃으며 손을 내밀었다.

"우와아아아아! 대단한 싸움이었어!"

"엘자 기사단장님, 역시 굉장하십니다!"

"이 신입도 진짜로 잘 싸웠어!"

싸움을 구경하던 기사들은 몹시 흥분해서 떠들어대고 있었다.

"설마 레지나의 검술을 습득했을 줄이야."

리발은 분하다는 듯이 쓴웃음을 지었다. 그리고 나를 힐끗 봤다.

"여기서는 일단 자네들에게 승리를 양보해야겠군."

"아니, 그런데 스노우도 훌륭했어."

"그거야 내 딸이니까. 당연하지."

자랑스럽게 말하는 리발.

"아쉽게 지긴 했어도 참 잘 싸웠어. 오늘 저녁에는 스노우가 좋아하는 오므라이스를 만들어줄 거야."

어린이 입맛이구나.

아니, 잠깐. 리발도 요리를 할 줄 아는 건가?

참고로 여기서 사족을 하나 덧붙이자면——.

나도 허공에 있는 적을 검으로 쓰러뜨리는 기술은 알고 있었다. 리발과 헤어진 후 고향에서 자식을 키우던 시절에 새로 익혔다.

하지만 엘자는 그것을 습득하지 못했다.

아마도 좀 많이 어려운 기술이었나 보다.

"⋯⋯⋯⋯고마워."

엘자가 내민 손을 잡고 일어나는 스노우.

둘이서 검을 맞대고 싸운 덕분에, 서로에 대해 알게 된 점이 있나 보다.

엘자를 쳐다보는 스노우의 눈빛에서는 어느새 적의가 사라진 상태이었다.

조금이나마 화해하게 된 걸까.

그러면 좋겠다. 나는 그런 생각을 했다.

단순히 적대하는 상대가 아니라, 서로를 발전시켜줄 수 있는 호적수가 되면 좋겠다. 나와 리발의 관계가 그랬던 것처럼.

그날 밤.

기사단이 시내에 있는 술집을 전세 냈다.

스노우의 환영회를 열기 위해서였다.

그런데 이 환영회란 것은 구실에 불과했다. 실제로는 그냥 먹고 마시는 회식이었다.

기사들은 평소에 엄격한 훈련을 계속하고 있어서 그런지, 마음껏 폭주할 수 있는 구실을 찾으려고 하는 경향이 있었다.

"본 로스토크! 지금부터 알몸 댄스를 보여드리겠습니다!"

술을 마시기 시작한 지 얼마 후.

기사 한 명이 기운차게 이름을 대고 나섰다.

"좋아—!"

"해봐, 해봐—!"

주위에 있는 기사들이 신나게 부추겼다.

이미 다들 상당히 취해서 그런 걸까. 어느새 질 나쁜 장난을 하고 있었다.

나는 멀리 떨어진 자리에서 그 광경을 바라보고 있었다.

일단 기사단의 교관으로서 동석하고 있지만, 나는 시끌벅적한 기사들 틈에서 벗어나 홀짝홀짝 술을 마시면서 구경이나 하는 중이었다.

"보일 듯~? 말 듯~!"

벌거벗은 기사는 쟁반으로 고간을 가리고 있었다. 고속으로 쟁반을 뒤집기도 하고, 쟁반을 하나 더 가져와서 교대로 고간을 가리기도 했다.

"으하하하하!"

"너무 웃겨—!"

"야, 그냥 한번 실패해봐!"

호탕하게 껄껄 웃는 소리가 가게 안에 울려 퍼졌다.

진짜 한심하기 짝이 없었다.

하지만 술 취한 상태에서는 가장 잘 먹히는 개그였다.

"…………불결해요."

멀리 떨어진 곳에서는 엘자가 얼굴을 붉히면서 기막히다는 듯이 시선을 피하고 있었다.

하지만 기사들의 휴식을 방해하는 것도 좋지 않다고 생각했는지, 굳이 그것을 막으려고 하지는 않았다.

오늘의 주역인 스노우는 테이블 끄트머리에 혼자 오도카니 앉아 있었다. 심심한지 테이블의 나뭇결 숫자를 세고 있었다.

처음에는 주위에 있는 기사들도 스노우에게 말을 걸었다.

그런데 스노우는 낯가림 기술이 발동되는 바람에 전혀 제대로 대응하지 못했다. 그저 쭈뼛거리거나 단편적인 대답만 할 뿐이었다.

그러자 주변의 기사들은 '이야기는 별로 하고 싶지 않은가 보다'라고 해석했는지, 이윽고 다른 데 관심을 가지게 되었다.

리발이 있었다면 상황이 좀 달라졌을지도 모르지만.

그는 지금 여기에 없었다.

교관인 나는 그렇다 쳐도 리발은 외부인이니까. 이 자리에 동석하진 않은 것이다.

"…………."

스노우는 외롭게 앉아 있었다.

이렇게 시끌벅적한 자리이다 보니 소외감을 느끼고 있을 것이다.

자신은 그 누구와도 연결되어 있지 않다──.

저절로 그런 생각을 하고 있을지도 모른다.

내가 가서 말을 걸어주는 편이 좋을까?

그래서 내가 자리에서 일어나려고 했을 때였다.

"저, 옆에 앉아도 될까요?"

엘자가 먼저 스노우에게 말을 걸었다.

기사단장으로서 가장 좋은 자리에 앉아 있었는데, 기사들이 알몸 댄스에 정신이 팔린 사이에 스노우 쪽으로 이동한 것이다.

"……(끄덕)."

스노우가 고개를 끄덕이자, 그걸 본 엘자는 미소 지으면서 옆자리에 앉았다.

"참 떠들썩하죠?"

완전히 신이 난 기사들을 멀리서 보면서 쓴웃음을 지었다.

"……하지만, 아주 즐거워 보여."

그러더니 스노우는 조그맣게 한마디 중얼거렸다.

"……이제 와서 깨달은 것이 있어."

"그게 뭐죠?"

"스노우는 지금까지 아빠님이나 자매들 이외의 누군가와는 친해진 적이 없었어. 그러니까 기사단장이 되는 것은 좀 어려울 것 같아."

소외감을 느낀 스노우는 자신감을 잃은 것 같았다.

그 모습을 본 엘자는 부드러운 표정을 지으며 말했다.

"저도 기사단에 들어온 직후에는 좀처럼 적응할 수 없었어요."

"……그랬어?"

"네. 남자들의 집단 속에서 여자인 저는 완전히 이질적인 존재였으니까요."

엘자는 당시의 기억을 회상하는 것처럼 맥주잔 안의 수면을 바라봤다.

"지금은 이렇게 서로 이해하고 잘 지내게 되었지만, 그 당시의 상황은 전혀 달랐습니다. 다른 기사들이 저를 괴롭히거나 무시한 적도 있었어요."

그랬구나.

한 달에 한 번씩 고향에 있는 나에게 보내줬던 편지에는 그런 내용은 단 한 줄도 적혀 있지 않았다.

부모에게는 말하기 어려운 일이었을 것이다.

"……하지만 지금은 모두 엘자를 사모하고 있잖아."

"맨 처음에는 아무도 저를 인정해주지 않았고, 친해질 수도 없었어요. 하지만 날마다 우직하게 노력하다 보니 어느새 조금씩 상황이 달라졌습니다."

'그러니까' 하고 엘자는 격려하는 것처럼 말했다.

"스노우 씨. 당신도 괜찮을 거예요. 금방 저 사람들과 친해질 수 있어요. 그러니 기사단장 자리를 포기할 필요도 없다고 생각합니다."

"……그런가."

스노우는 그렇게 중얼거리더니 의아한 것처럼 물어봤다.

"저기, 그런데. 괜찮아?"

"뭐가요?"

"이건 적을 도와주는 행위잖아."

하기야 결과적으로는 그렇긴 하다.

그냥 내버려 뒀다면 스노우는 기사단장 자리를 포기했을 거다.

그러나.

"저는 스노우 씨를 적이라고 생각한 적이 없는데요?"

엘자는 가볍게 그런 말을 했다.

처음부터 스노우를 적으로 인식하지 않았던 것이다.

"그리고 누가 기사단장 자리를 빼앗으려고 한다면, 저는 지금보다 더 많이 노력해서 그것을 빼앗기지 않도록 하면 되니까요."

그저 똑바로 정정당당하게 맞서겠다고 말하는 엘자.

"그런데 스노우 씨. 낮에 대련할 때 선보였던 검술 말인데요. 그런 전법은 대체 어디서 아이디어를 얻은 거예요?"

"……!"

질문을 받은 스노우는 기뻐하는 것처럼 귀를 쫑긋 세웠다.

"저기, 혹시 스노우한테 관심 있어……?"

"네. 관심이 아주 많아요."

엘자는 고개를 끄덕였다.

"스노우 씨. 저는 좀 더 당신을 알고 싶어요."

"……!"

귀가 또 쫑긋쫑긋 기분 좋게 움직였다.

뺨은 붉어져 있었다.

스노우는 어험 하고 헛기침을 한 번 하더니 말했다.

"……그, 그럼, 하는 수 없지. 일단 가르쳐드리지요."

"감사합니다!"

"다, 단, 조건이 있어."

"조건이라고요?"

스노우는 한동안 눈을 이리저리 굴리면서 양손 손가락 끝을 살살 맞대어 비볐다. 그리고 조그맣게 기어들어 가는 목소리로 중얼거렸다.

"……엘자. 너에 대해서도, 가르쳐줘."

그 말을 들은 엘자는 잠시 얼빠진 표정으로 있었다. 그러나 곧 온화한 미소를 짓더니.

"네, 물론이죠!"

술자리에서 하는 이야기는 대부분 쓸모없는 잡담이다.

실제로 기사들은 야한 이야기나 여자 이야기만 실컷 하고 있었다.

그러나 이 두 사람은 달랐다.

검에 관한 이야기를 계속해서 열정적으로 즐겁게 하고 있었다.

둘 다 눈을 반짝거리고 있었다. 이야기는 끊이지 않았다. 둘 다 비슷한 경지에 다다른 실력자이므로, 말이 잘 통하는 상대가 적다는 것도 하나의 이유일지도 모른다.

낯가림이 심한 스노우도 엘자 앞에서는 평범하게 이야기를 하고 있었다.

그리하여 회식이 끝날 무렵에는.

"……엘자. 좋아해."

스노우는 완전히 마음의 문을 열고 엘자를 꽉 끌어안고 있었다.

"후후. 왠지 새 여동생이 생긴 기분이네요."

엘자도 싫지 않은 것 같았다.

둘째인 안나는 야무진 성격이고, 막내인 메릴은 나한테만 어리광을 부리니까. 이렇게 누가 자신에게 어리광을 부리는 상황이 즐거운 걸지도 모른다.

그런데 그때.

"앗━━━?! 뭐 하는 겁니까?!"

술집 전체에 비명 같은 소리가 울려 퍼졌다.

나탈리가 경악한 표정으로 두 사람을 향해 삿대질하고 있었다.

회식이 시작되자마자 금방 술에 취해 쿨쿨 잠들었는데, 이제 거의 다 끝나가는 지금 눈을 뜬 것 같았다.

"치사해요, 치사해요, 치사해! 엘자 씨를 껴안다니! 나도 그 풍만한 가슴에 얼굴을 파묻어보고 싶어요!"

"안 돼. 엘자의 가슴은 스노우 거야."

"그럼 무력으로 쟁취해야겠네요!"

"불가능. 넌 나를 못 이겨."

"저기, 둘 다 싸우지 말아요!"

엘자를 둘러싸고 쟁탈전을 벌이기 시작하는 나탈리와 스노우.

그 싸움을 말리려고 하는 엘자.

싸우는 모습을 보고 신나게 환호하는 기사들. 그리고 쓴웃음을 지으면서 그 광경을 방관하고 있는 나.

시끌벅적한 왕도의 밤은 그렇게 깊어지고 있었다.

제3화

기사단 사건이 일단락된 후.

나는 모험가 길드로 가고 있었다.

오늘은 레지나와 함께 임무를 수행할 예정이었기 때문이다.

레지나는 과거에 나와 한 조가 되어 활동했던 A랭크 모험가이다.

성격은 좀 까다롭지만, 근본적으로는 착한 녀석이고, 가끔 엘자에게 검술을 가르쳐주기도 한다. 과거에는 여러 도시를 전전하고 다녔지만, 지금은 왕도에 머물고 있었다.

아, 큰일 났다. 프림의 가정교사 일이 너무 늦게 끝났어…….

나는 모험가 길드로 향하면서 암담한 기분을 느꼈다.

오전에 나는 이 나라의 왕녀님인 프림의 가정교사로 일했는데, 그러다가 레지나와 만나기로 약속한 시각을 지키지 못하게 된 것이다.

——그 녀석은 기다리는 것을 싫어하니까. 틀림없이 화가 났을 거야. 상상만 해도 무섭다……!

시간이 다 됐는데도 프림이 나를 보내주지 않았다. 그렇게 변명해봤자 오히려 불난 집에 부채질하는 꼴이 될 것이다.

아무튼 약속 장소로 가야 한다.

나는 부리나케 모험가 길드로 가서 문을 벌컥 열고 안으로 뛰어들었다.

"아, 카이젤 씨! 오셨어요—?"

모험가 길드의 여자 접수원——모니카가 나에게 말을 걸었다.

모니카는 이 길드에서는 유일하게 안나보다 어린 여자 접수원이었다.

성격이 헐렁하고 자주 농땡이를 치는 버릇이 있어서 늘 안나한테 혼나는 소녀. 그런데도 왠지 미워할 수 없는 애교 있는 아이였다.

"요새는 길드에 자주 안 와주셔서 의뢰가 잔뜩 쌓였거든요? 그래서 저도 계속 야근하느라 얼마나 힘들었는지 아세요—?"

모니카는 불만스럽게 뾰로통한 표정을 짓더니 이렇게 덧붙였다.

"뭐, 그만큼 오늘은 실컷 부려 먹을 거지만요!"

그러면서 내 등을 찰싹찰싹 때렸다.

자기 아버지뻘인 사람을 대하는데도 거침없는 태도였다.

상대가 이렇게까지 넉살 좋게 행동하면 오히려 기분이 좋아졌다. 나이가 들어 윗사람이 되면 점점 주변 사람들이 자신에게 예의를 차리게 되니까.

나는 레지나의 모습을 찾으려고 했다. 그런데 그때.

"아 참, 제 이야기 좀 들어보세요. 저한테 후배가 생겼어요—."

모니카가 또다시 자기 이야기를 하기 시작했다.

"도로테아라는 아이인데요. 엄청나게 귀여운 아이예요—. 진짜 인형 같다니까요—."

도로테아…….

아마도 그 신입 접수원이 리발의 딸일 것이다.

"그 애 성이 혹시 슈바르츠인가?"

"아, 맞아요, 맞아요. 나이도 저랑 같아요. 그래서 친근감이 넘친다고나 할까요. 그리고 특히 저한테는 첫 후배니까요."

역시 그렇군.

모니카는 홋! 하고 의기양양하게 콧소리를 냈다.

"만년 후배였던 나도 드디어 선배가 됐다고요! 모니카 선배님이란 말을 듣다니. 아— 이 얼마나 듣기 좋은 호칭인지—!"

"그, 그래. 축하해."

"모처럼 후배가 생겼으니까 마음껏 부려 먹어주마! 하고 생각해서요. 일단 점심시간에 음료수를 사 오라고 내보냈어요."

"처음 생긴 후배한테 다짜고짜 심부름부터 시키지 마."

"나는 상하 관계를 중시하는 타입이거든요!"

"그게 그렇게 자랑스러운 표정으로 할 말이야?"

모니카는 좋은 후배일지언정 좋은 선배는 아닌 것 같다는 생각이 들었다.

……아니, 그보다도. 지금 나는 그게 문제가 아니었다. 그 무엇보다도 먼저 해결해야 할 문제가 있었다.

"저기, 그런데 레지나는 어디 있어?"

"네? 아, 저쪽에 있는데요."

다행이다. 아직 집에 가버리진 않았구나. 나는 모니카가 가리키는 방향으로 시선을 돌렸다가——.

흠칫하면서 놀랐다.

모험가 길드의 대합실에 설치되어 있는 여러 개의 나무 테이블. 그중 하나에서 시커먼 분노의 오라를 발산하고 있는 레지나의 모습을 발견한 것이다.

우우우웅…… 하고 악귀 같은 위압감을 발산하고 있었다.

주위에 있는 모험가들은 그 박력에 완전히 겁먹은 상태였다. 시끌벅적한 길드 안에서 오직 그 일대만 기분 나쁠 정도로 조용했다.

"왠지 기분이 무척 안 좋으신 것 같아서, 아무도 다가가지 못하고 있어요─. 접근하려고 했던 사람들은 줄줄이 거품 물고 쓰러져 버렸어요."

모니카는 아무렇지도 않게 엄청난 말을 했다.

보니까 바닥에는 튼튼한 모험가들이 몇 명이나 널브러져 있었다.

아마도 레지나를 진정시키기 위해 가까이 다가가려고 했다가, 레지나의 검기(劍氣)에 공격당해 눈을 까뒤집고 거품을 물며 쓰러져버린 것이리라.

"카이젤 씨. 혹시 저 사람이 저러는 이유를 아세요?"

"…………."

이유를 아는 정도가 아니었다. 바로 내가 모든 것의 원인이었다.

진짜로 큰일이 났구나…….

옆에서는 모험가들과 여자 접수원들이 다투고 있었다.

"이봐, 너희들. 여기서는 길드 직원들이 책임지고 대처해야 하는 거 아냐?"

"아, 아니, 말도 안 되는 소리 하지 마세요! B랭크 모험가가 거품 물고 쓰러졌잖아요?! 저희 같은 접수원이 대처할 수 있는 상대가 아니라고요……!"

"그럼 길드 마스터를 불러오든가!"

"안나 씨는 지금 회의하느라 부재중이셔서……!"

이곳에 있는 모든 사람이 레지나의 위압감 앞에서 완전히 겁먹고 주춤거리고 있었다. 그렇게 누가 고양이 목에 방울을 달 것인가? 하고 싸우고 있었는데.

"제가 가볼까요?"

이 살벌한 소동의 현장에 귀여운 목소리가 울려 퍼졌다.

모두의 시선이 일제히 집중됐다.

그곳에 서 있는 사람은 귀엽게 생긴 여자 접수원이었다.

분홍색 머리카락과 동글동글 커다란 눈.

접수원 제복을 완벽하게 소화했을 뿐만 아니라, 자기 나름대로 살짝 변화도 줘서 멋쟁이 같은 분위기를 풍기고 있었다.

소녀다운 사랑스러운 매력이 있는 아이였다.

"도로테아. 진심이야?"

"저렇게 근육으로 무장한 모험가가 거품을 물고 쓰러질 정도로 지독한 위압감인데?! 도로테아, 너처럼 귀여운 아이는 아예 숨이 막혀 죽을지도 몰라!"

"괜찮아요! 걱정하지 말고 저한테 맡기세요♪"

휘핑크림처럼 몽글몽글한 목소리로 대답하는 도로테아. 그 음색에서는 불안이나 오기 같은 것은 전혀 느껴지지 않았다.

"자, 그럼 다녀올게요—♪"

그 소녀는 장난스럽게 경례하더니 빙글 돌아섰다.

모두 마른침을 꿀꺽 삼키면서 지켜보는 가운데 도로테아는 레지나에게 다가갔다. 레지나가 발산하는 시커먼 분노의 오라가 그 가냘픈 몸을 덮쳤다.

튼튼한 모험가들 여러 명을 쓰러뜨린 검기.

그러나 도로테아는 전혀 개의치 않았다.

여전히 사랑스러운 미소를 지으면서 그 분노의 근원으로 다가갔다.

"우와! 굉장해! 기 싸움에서 전혀 안 지고 있는데?!"

"간이 큰 거야, 아니면 둔감한 거야?!"

"뭐든 좋으니까 도로테아, 힘내—!"

길드의 모든 사람의 성원을 등에 업고서 도로테아는 마침내 레지나 곁에 도착했다. 시커먼 분노를 계속 발산하고 있는 레지나에게 도로테아는 부드러운 말투로 질문을 했다.

"레지나 씨. 무슨 일 있으세요?"

"……뭐?"

무시무시한 안광이 도로테아를 꿰뚫었다.

사나운 마물이라도 즉시 꼬리를 말고 도망칠 정도의 박력이었다.

멀리 있던 접수원들 몇 명은 너무 무서워서 기절하고 말았다.

그런데도 도로테아는 여전히 웃고 있었다.

"아니, 그게 말이죠―. 왠지 기분이 안 좋으신 것처럼 보여서요. 저라도 괜찮으시다면 이야기를 들어드릴 수 있는데, 어떠세요?"

"쓸데없는 참견이다. 꺼져."

"저는 말이죠. 쓸데없는 참견을 좋아하거든요."

도로테아는 노래하듯이 그렇게 말하더니.

"게다가 다른 사람들 앞에서 제가 해결해보겠다고 나섰으니, 이대로 돌아갈 수는 없어요……. 그러니 저를 도와주시는 셈 치고 이야기를 해주실 수 없을까요?"

두 손을 모으고 귀엽게 쳐다보면서 부탁을 했다.

교묘하군.

곤경에 처한 자신을 좀 도와 달라고 저자세로 부탁함으로써, 고집을 꺾는 것에 대한 심리적 저항감을 없애주는 것이다.

여기서 도로테아의 부탁을 거절한다면 죄책감이 남을 것이다.

레지나는 짜증이 난다는 듯이 혀를 차더니, 결국 체념한 것처럼 한마디를 툭 뱉었다.

"……약속 시간이 됐는데도 그 녀석이 안 왔어."

"그 녀석이라면, 동료분이신가요?"

"감히 나를 기다리게 만들다니. 카이젤, 그놈도 참 간덩이가 부었어. 아마도 여자 곁에서 어슬렁거리고 있을 테지. 용서할 수 없어."

""………….""

이곳에 있는 접수원들과 모험가들의 시선이 일제히 나에게 집중됐다.

──당신 때문이었어?

그렇게 어처구니없다는 듯이 흘겨보는 모두의 시선이 느껴졌다.

죄, 죄송합니다…….

변명의 여지도 없었다. 나는 그저 미안해하면서 고개를 숙이는 수밖에 없었다.

"사실 오늘은 우리가 처음 파티를 결성한 날이기도 한데. 이런 날 지각을 한다고? 간덩이가 부은 것도 정도가 있지."

……그러고 보니 그랬다.

방금 그 이야기를 듣고 비로소 기억해냈다.

도로테아는 노기를 띤 레지나의 고백을 듣더니, 한순간 조그만 턱에 손가락을 대고 생각하는 표정을 지었다.

그러다 갑자기 확 밝아진 얼굴로──.

"아하, 네! 그런 거였군요♪"

"…………응?"

"흠, 그래요. 저는 전부 다 이해했어요♪"

"…………너 혼자 마음대로 납득하지 마. 뭔 소린데?"

"실은 아까 카이젤 씨가 꽃집 앞에 서 있는 모습을 봤거든요."

"……그 녀석이 꽃집에 있었다고? 왜?"

"그거야 당연한 거 아닌가요? 오늘은 그분과 레지나 씨의 기념

일이니까요. 꽃다발을 사려고 했던 거예요."

그러더니.

"후후. 카이젤 씨도 참, 상당히 센스 있는 분이시네요."

도로테아는 꽃처럼 아름답게 살짝 미소를 지었다.

"아, 하지만, 이런 말은 안 하는 게 나았을까요? 깜짝 선물이니까요. 비밀로 하는 게 더 나았을지도 몰라요."

참고로 저 이야기는 전혀 사실이 아니다.

나는 오늘이 기념일이란 것도 조금 전에 깨달았으니까.

——대체 어쩌려고 저러는 거지?

나는 곤혹을 느꼈다. 그때 도로테아가 이쪽을 힐끔 봤다.

눈짓으로 나에게 메시지를 전달하고 있었다.

——지금 빨리 가서 사 오세요♪

아하, 그런 거였구나.

도로테아는 지각에 대한 변명거리를 나한테 제공해준 것이었다.

——고맙다!

나는 조용히 몸을 돌려 시내에 있는 꽃집으로 뛰어가서 선물용 꽃다발을 샀다. 그리고 즉시 모험가 길드로 돌아왔다.

인파를 헤치고 레지나 곁으로 다가갔다.

"레지나. 늦어서 미안해."

조심스럽게 말을 걸자, 레지나는 날카롭게 째려보듯이 나를 쳐다봤다. 그러나 아까 같은 박력은 없었다.

"내 변명을 들어주지 않을래?"

"······일단 말이나 해봐."

"오늘은 우리가 처음 만나 파티를 결성한 날이잖아? 기념일이 니까. 그래서 꽃다발을 사러 갔었어."

등 뒤에 숨기고 있던 꽃다발을 꺼냈다.

그리고 레지나를 향해 내밀면서 말했다.

"앞으로도 잘 부탁해."

"············너, 바보냐?"

레지나는 툭 내뱉듯이 말했다.

"우리는 그저 싸우면서 사는 인간들이야. 그런 선물 따위는 필요 없어. 애초에 임무 수행을 하러 가기 직전에 꽃을 바치다니, 너무 불길하잖아?"

"······그건 그럴지도 모르지만."

나는 쓴웃음을 지었다. 그걸 본 레지나는 멋쩍은 듯이 말했다.

"······흥. 뭐, 그래도 그건 평범한 모험가일 때의 이야기이고. 우리는 그까짓 불길함이니 뭐니 하는 것에 휘둘리지 않지."

그러더니 내 손안에 있는 꽃다발을 빼앗듯이 가져갔다.

"······버리기도 아까우니까. 일단 받아줄게."

퉁명스럽게 그런 말을 중얼거리는 레지나.

그 뺨은 살짝 붉어져 있었다.

"네, 그럼 임무를 마치고 돌아오실 때까지 꽃다발은 저희가 잘 보관하고 있을게요♪"

도로테아가 레지나한테서 꽃다발을 받아 갔다.

레지나는 코웃음을 치더니 무뚝뚝하게 자리에서 일어났다. 그리고 잠시 걸어가다가 고개를 돌려 나를 쳐다보고 말했다.

"……야, 빨리 와."

"응?"

"……임무 수행하러 가야지."

"으, 응."

당연히 훨씬 더 많이 욕먹을 줄 알았는데.

레지나와는 오래 사귄 사이라서 알 수 있었다.

태도는 퉁명스럽지만 지금 레지나는 완전히 화가 풀린 상태였다. 아니, 오히려 기분이 좋아진 것 같았다.

나는 도로테아를 힐끗 봤다.

그러자 도로테아는 씽긋 하고 윙크를 했다.

귀여운 악녀처럼 매력적인 제스처였다.

모험가 길드에서 발생한 위기 상황.

모두가 포기해버렸던 그 사건을 도로테아는 혼자서 멋지게 해결했다. 경이로울 정도로 훌륭한 수완이었다.

──이 아이는 엄청나게 우수한 재목일지도 모른다.

나는 레지나와 함께 아주 순조롭게 임무를 수행했다.

레지나는 평소보다 더 컨디션이 좋았다. 나와의 호흡도 잘 맞았다. 그래서 그동안 쌓였던 고난도 임무를 하루 만에 해치울 수 있었다.

그로부터 얼마 후. 나는 다시 모험가 길드를 방문했다.

그리고 어안이 벙벙해졌다.

모험가 길드 안에 토끼처럼 분장한 바니걸들이 잔뜩 있었기 때문이다.

내가 실수로 그런 콘셉트의 술집에 와버린 건가? 하고 순간적으로 착각했다. 하지만 그 토끼들은 전부 다 낯익은 얼굴들이었다.

바니걸로 변장한 사람은 길드 접수원들이었다.

"카이젤 씨!"

바니걸 차림을 한 모니카가 내 곁으로 다가왔다.

"저기요, 제 이야기 좀 들어보세요—."

"뭐? 또 불평하려고?"

나는 기막혀하면서 대꾸했다.

"그야 당연하죠. 그 외에 뭘 하겠어요?"

모니카는 천연덕스러운 표정으로 말했다. 참 대단한 직장이다.

"아니, 그나저나 그 복장은 대체……."

"아, 토끼 옷 말이에요? 이건 말이죠——."

"제가 제안한 거예요♪"

솜사탕처럼 몽실몽실한 목소리였다. 그쪽을 돌아보니 도로테아가 서 있었다. 역시나 토끼 의상을 입고 있었는데, 주변 사람들과 비교해봐도 한층 더 화사해 보였다.

"네가?"

"네♪ 어때요, 귀엽죠?"

도로테아는 수줍어하면서 제자리에서 빙글 돌았다. 마치 주위에 흩날리는 꽃잎이 보일 것 같은 귀여운 동작이었다.

"나는 좀 그렇지 않나? 하고 생각하지만."

그때 안나가 다가오더니 불만이 있는 것처럼 중얼거렸다.

길드 마스터인 안나는 바니걸 차림을 하고 있지는 않았다. 평소와 마찬가지로 길드 제복을 입고 있었다.

"길드의 분위기에 어울리지 않아."

"하지만 모험가 여러분이 기뻐하시잖아요?"

거친 모험가들은 바니걸로 변신한 여자 접수원들을 보고 넋 나간 표정을 짓고 있었다. 웃음이 나올 정도로 여자한테 홀려버린 모습이었다.

"앞으로 임무를 수행하러 나갈 모험가 여러분의 사기를 북돋울 수 있다면, 그것은 참 좋은 일이 아닌가요?"

"아니, 하지만 이건 아양을 떠는 것 같잖아."

"안나 씨. 그거 몰라요?"

도로테아는 집게손가락을 곧게 세우고 윙크하면서 말했다.

"여자가 자신을 예쁘게 꾸미는 것은 말이죠, 이성의 주목을 받기 위해서만이 아니에요. 자기 자신을 위해서이기도 해요."

"자신을 위해서?"

"나는 언제나 예쁜 사람이고 싶다. 그러면 나 자신을 더 좋아하게 될 것이다. 이렇게 되면 하루하루가 즐거워지거든요."

도로테아는 그런 말을 하더니 길드 안을 둘러봤다.

"실제로 접수원들도 다들 기뻐하고 있는 것 같잖아요? 처음에는 당황했지만, 익숙해지니까 점점 재미있어진다고 하던데."

그러고 보니.

바니걸로 변신한 접수원들의 표정은 왠지 생기가 넘쳐 보였다.

"모험가 여러분에게도 도움이 되고, 우리 접수원들도 즐겁게 일할 수 있으니까요. 아무도 손해 보지 않는 훌륭한 관계라고 생각하는데요. 안 그래요?"

"…………."

안나는 입을 다물어버렸다.

길드 마스터라면, 자신의 강권을 휘두르면 이런 짓을 그만두게 할 수 있다.

하지만 안나는 뭐든지 합리적으로 생각하는 사람이다.

도로테아의 방책이 모험가 길드에 도움이 된다면, 그것을 억지로 중지시키지는 않는다.

"그래, 그럴지도 모르겠네."

안나는 씁쓸한 표정을 짓더니 툭 내뱉듯이 말했다.

"하지만 난 싫어."

"네♪ 그래도 좋다고 생각해요."

도로테아는 생긋 웃더니 말을 이었다.

"그런데 안나 씨. 생각보다 고지식하시네요."

"뭐?"

"남자랑 사귀어본 적 있으세요?"

"뭐엇?!"

안나는 도로테아의 말을 듣고 깜짝 놀랐다.

"잠깐만. 이건 직장 내 괴롭힘 아니야?"

"상사가 부하한테 이런다면 그렇게 해석할 수도 있겠지만요. 저처럼 지위가 낮은 사람한테 화내는 것은, 좀 어른스럽지 못한 행동처럼 보일 텐데요?"

"크으윽……!"

그건 그렇다.

설령 도로테아의 발언이 직장 내 괴롭힘에 해당하더라도, 그보다 지위가 높은 안나가 그걸 나무란다면 보기 좋지는 않을 것이다.

도로테아는 자신의 처지를 잘 알고 있었다.

그리고 그것을 무기로 삼을 정도로 영리했다.

아니, 그런데 똑똑한 안나를 이 정도로 능숙하게 다루다니…….

"카이젤 씨는 임무를 맡으러 와주신 건가요?"

"응, 맞아."

"와, 잘됐다! 그럼 너무너무 고맙죠! 카이젤 씨 혼자서 100명, 아니, 1,000명만큼의 일을 해주시니까요."

도로테아는 가볍게 폴짝 뛰며 기뻐하더니 이어서 말했다.

"늘 의지하고 있는 거, 아시죠?"

내 팔을 껴안으면서 귀엽게 눈을 치뜨고 이쪽을 쳐다봤다.

그런 행동에 나는 무의식중에 당황하고 말았다.

"저기, 너는 리발의 딸이잖아. 나를 적대시하고 있는 게 아니니?"

"카이젤 씨는 대디의 호적수이지만, 그것과 상관없이 매우 우수한 모험가잖아요. 길드 직원으로서 친해지려고 노력하는 것은 당연한 거예요♪"

그렇구나.

도로테아도 안나와 방향성은 다를지언정, 목적을 위해 합리적으로 행동할 수 있다는 점에서는 마찬가지였다.

자신의 감정에 지배당해 이성을 잃지는 않는다.

"아니, 잠깐. 대디?"

"네, 대디는 대디인데요?"

도로테아는 '이상할 것은 하나도 없다'는 표정을 짓고 있었다.

아마도 그 호칭은 계산한 게 아닐 것이다. 그렇다면 영리해 보이지만 실은 어린애 같은 일면도 가지고 있는 걸까.

그런데 그때.

"이봐―, 도로테앙, 나 왔어―!"

이마에 흉터가 있는 사나운 거한이 나타났다. 그는 완전히 흐물흐물해져서 헤벌쭉 웃는 얼굴로 도로테아를 향해 두툼한 손바닥을 흔들고 있었다.

"아, 그렌 씨♪"

도로테아는 꽃처럼 화사한 미소를 지으면서, 그 그렌이라는 덩치 큰 남자 곁으로 가볍게 다가갔다.

"와주셔서 기뻐요♪"

"응, 도로테앙한테 멋진 모습을 보여줘야 하니까."

"네—? 와, 정말 기대돼요! 하지만 조심하셔야 해요, 알았죠? 오늘 토벌 임무의 마물은 무척 강하니까요."

"으하하! 나를 뭐로 보는 거야? 어떤 마물이 와도 이 곤봉으로 다 때려눕힐 거야."

"꺅—. 멋져요♪"

도로테아가 환성을 지르자, 그렌은 그 거대한 몸뚱이를 흔들며 호쾌하게 웃었다. 맨정신인데도 마치 술 취한 것처럼 기분이 좋아 보였다.

"저 남자는 전에도 모험가 길드에서 본 적이 있는데. ……저렇게 즐겁게 웃는 녀석이었던가?"

내가 기억하는 모습과는 전혀 일치하지 않았다.

"네, 맞아요. 그렌 씨는 악귀라고 불릴 정도로 늘 신경이 곤두서 있는 분이셨죠."

모니카가 그렇게 말했다.

"B랭크 모험가인데 기분파라서 임무도 거의 수행하지 않았어요. 안나 씨가 나무라도 그냥 한 귀로 듣고 한 귀로 흘려버렸죠."

'하지만' 하고 이야기를 계속했다.

"도로테아가 온 다음부터는 완전히 딴사람이 된 것처럼 날마다 임무를 수행하러 나오게 됐어요."

"목적은 도로테아인가?"

"그렇지."

안나가 한심해하는 것처럼 고개를 끄덕였다.

"그렌 씨뿐만이 아니라 다른 모험가들도 마찬가지예요."

모니카가 계속해서 이야기했다.

"랭크가 높은 모험가는 말이죠, 기본적으로 실력이 좋은 대신에 사회성이 끔찍하게 없는 사람이 많은데요."

"은근슬쩍 폭탄 발언을 하는구나."

"뭐, 그게 사실이니까."

그렇게 안나도 옆에서 동의했다.

"아빠처럼 실력과 사회성을 겸비한 랭크 높은 모험가는 거의 없어. 자존심이 강한 녀석들이 너무 많아."

"그런데 도로테아는 그런 모험가들을 차례차례 회유했거든요. 그래서 지금은 다들 도로테아를 노리고 여기 오게 되었다니까요."

아하, 그래서 그랬구나. 나는 속으로 납득했다.

어쩐지 이전보다 길드 안에서 실력자들의 모습이 많이 눈에 띈다고 생각했었다.

다들 도로테아한테 회유당한 거구나.

"아니, 그런데 모든 사람이 그렌과 같은 타입인 것은 아니잖아."

"네, 물론 누가 자기를 떠받들어준다고 무조건 고분고분해지는 사람들만 있는 것은 아니죠. 하지만 도로테아는 이런저런 수단을 써서 상대를 길들여버렸어요."

"아하."

"그 덕분에 인력난도 해소돼서, 잔뜩 쌓여 있던 임무도 해치울 수 있게 됐죠. 이제는 더 이상 야근도 안 해도 되고."

"잘됐네."

"더구나 도로테아는 말이죠, 모험가들뿐만 아니라 동료들한테도 제대로 호감을 사고 있다니까요."

모니카는 소리를 낮춰 말했다.

"보통은 신입이 바니걸 옷을 입자고 제안해봤자 허가가 날 리 없거든요. 그런데 걔가 미리 주변 사람들을 포섭해놨더라고요."

"그렇군."

"접수원 중에서 누가 권력을 가졌는지 알아내서, 먼저 그 사람의 환심을 사고. 거기서부터 줄줄이 다른 사람들의 신용까지 얻은 거예요."

"요령이 좋은데?"

나는 도로테아의 사교 기술에 감탄했다.

남자한테 인기 있는 여자는 대체로 여자한테는 인기가 없는 법이다. 그런데 도로테아는 능숙하게 처신을 해서 여자들의 호감까지 얻은 것이다.

"길드 사람들은 모두 다 도로테아를 지지하고 있어요. 모험가들도 그렇고, 접수원들도 그렇고."

모니카는 눈살을 찌푸렸다.

"솔직히 말씀드리자면. 이대로 가다간 안나 씨의 길드 마스터 지위도 위험해질지도 몰라요. 인망의 차이가 꽤 심하니까."

"모니카. 그걸 내 앞에서 말하는 거야? 배짱 좋네."

"전 뒤에서 몰래 험담하는 것은 싫어하거든요!"

안나는 생긋 웃었다.

"그 마음가짐은 훌륭하지만, 그렇다고 본인 앞에서 대놓고 말해도 될 리가 없잖아?"

"아야아야앗! 제, 제 머리를 움켜쥐지 마세요!!"

모니카는 비명을 질렀다. 안나가 웃는 얼굴로 모니카의 이마를 콱 붙잡았기 때문이다.

"도로테아가 모두에게 사랑받고 있다는 것은 알겠는데, 그런 것치고 모니카는 불만이 있어 보이는구나."

"그야 당연하죠."

이마에 손가락 자국이 남아 있는 모니카가 말했다.

"이제야 겨우 후배가 생겨서 마음껏 부려 먹을 수 있겠다고 생각했는데. 너무 유능하면, 내가 선배로서 체면이 서질 않잖아요?"

그런 거였구나.

"저기, 너도 뒤지지 않도록 열심히 하면 되잖아?"

"그런 노력은 사양하겠습니다!"

모니카는 즉시 딱 잘라 대답하더니.

"차라리 밤에 기회를 봐서 쓱싹! 해치워버릴까……."

"아니, 저기요."

그런 짓을 하면 끝장이잖아.

"걱정하지 마세요. 그냥 선배로서 가볍게 귀여워해 줄 생각──."

"모니카 선배님 ♪"

"끄어어어어엇?!"

어느새 등 뒤에 와서 서 있던 도로테아가 말을 걸자, 모니카는 온몸으로 펄쩍 뛰었다.

"뭔가 재미있는 이야기를 하고 계시던데요♪"

"이, 이건 그러니까, 그냥 농담이라고나 할까…… 아니, 도로테아. 난 별로 너를 싫어하지 않고 오히려 좋아한다고나 할까. 우헤헤."

헤실헤실 웃는 얼굴로 땀을 뻘뻘 흘리며 열심히 변명하는 모니카. 이렇게까지 소인배의 분위기를 뿜어내는 사람도 흔치 않을 것이다.

하지만 이미 돌이킬 수 없다는 느낌이 강하게 들었다.

"저 말이죠. 목이 마른데요♪"

"응?"

"과즙 100% 복숭아 주스가 먹고 싶은데에."

도로테아는 노래하듯이 그렇게 중얼거리더니.

"모니카 선배님, 가서 사 와주세요♪"

"뭐라고오옷?! 아니, 선배인 내가 왜——."

"괜찮으시겠어요? 좀 전에 선배님이 하신 이야기를 다른 사람들한테 해줘도? 그러면 어떻게 될지 아시잖아요?"

"…………."

모니카는 길드 사람들 전원이 적이 되리란 것을 눈치챘나 보다. 얼굴이 창백해졌다.

도로테아는 생긋 웃으며 다시 부탁했다.

"모니카 선배님, 주스 좀 사주시겠어요?"

"네!!! 물론이죠!!!"

모니카는 기운차게 소리를 지르더니 빙글 돌아 뛰쳐나갔다.

"15분 이내에 와주세요, 네—?"

"제기라아아아아아아아아아아아앗!!"

모니카는 단말마 같은 성량으로 소리를 지르면서 맹렬하게 질주했다.

처음에는 의기양양하게 도로테아를 심부름꾼으로 삼았던 모니카. 그러나 순식간에 그 입장은 역전되고 말았다.

영업이 종료된 모험가 길드.

그곳 어딘가에 있는 회의실.

넓은 테이블 안쪽에 누군가가 홀로 앉아 있었다.

"네—, 그러면 지금부터 도로테아 대책 회의를 시작하겠습니다. 의장은 바로 나——모니카입니다."

모니카는 깍지를 끼고 그 손등에 턱을 올린 채 엄숙한 얼굴로 말했다.

"저기, 당신 마음대로 시작하지 말아줄래?"

"왜 나까지 부른 거야?"

회의실에 있는 나머지 두 사람——안나와 나는 곤혹스러웠다.

다른 직원들은 이미 전부 다 퇴근했다. 회의실에 있는 사람은 우리밖에 없었다.

"이대로 가다간 도로테아가 모험가 길드를 완전히 장악하고 언젠가는 길드 마스터 자리까지 빼앗을 거예요."

모니카는 짐짓 심각한 목소리를 꾸며냈다.

"그렇게 되면 우리 안나 파벌은 찬밥 신세가 될 겁니다."

"뭐? 모니카, 당신이 내 파벌에 속해 있었어?"

"그냥 이제 와서 도로테아한테 알랑거릴 수는 없으니까 그렇게 말하는 거 아냐?"

"그, 그그, 그건, 아닌, 데요—?"

노골적으로 눈을 이리저리 굴리면서 휘~ 하고 휘파람을 부는 모니카.

거짓말을 진짜로 못하는구나.

"······하기야, 길드 마스터의 자리가 위험해진 것은 사실이지만."

안나는 아까 그 광경을 떠올리는 것처럼 중얼거렸다.

모니카가 주스를 사 오라는 명령을 받고 나간 뒤.

도로테아는 안나에게 선전포고를 한 것이다.

"대디를 위해서라도 저는 길드 마스터가 될 겁니다. 그러니까 안나 씨, 지금부터 존댓말을 연습해두시는 편이 좋을 거예요. 아시겠어요?"

그 온화한 미소 속에서는 확고한 야심이 느껴졌다.

"길드 마스터는 직원들과 모험가들의 지지를 받아야 합니다. 모두가 인정해주지 않으면 진정한 골목대장이 될 수 없어요"라고 모니카가 말했다.

"길드 사람들을 골목에서 노는 악동들처럼 취급하지 마."

"아뇨! 이건 모험가들에게만 하는 이야기예요!"

"그게 변명이 되는지 잘 모르겠는데……. 애초에 그 모험가가 여기 와 있잖아?"

애는 눈치라는 것이 없나?

"하여간 그렇게 따지면 안나 씨는 현재 열세에 몰려 있다고 할 수밖에 없어요. 도로테아는 직원들과 모험가들 사이에서 엄청나게 인기 있으니까요."

"분하지만 그 점은 나도 인정해."

"그럼 왜 안나 씨는 도로테아보다 인기가 없는 걸까요? 어떻게 하면 안나 씨의 인기가 높아질까요? 그 방법을 다 함께 생각해봅시다."

"뭐? 저기, 나 지금부터 공개 처형을 당하는 거야?"

"길드 마스터라는 자리를 지키고 도로테아를 없애버리기 위해서입니다. 다소의 비판은 참고 받아들여 주세요."

"아니, 없애버릴 생각은 전혀 없는데. 모니카. 그것은 너의 개인적인 소망이잖아?"

안나는 어처구니없다는 듯이 중얼거리더니 이어서 말했다.

"그래, 어쨌든 현재 상황을 얌전히 지켜보기만 할 수도 없으니까. 비판을 수용하고 단점을 개선할 필요는 있을지도 몰라."

"네, 좋은 마음가짐이에요!"

"응, 그래서? 모니카. 너는 내가 도로테아보다 인기가 없는 이유가 뭐라고 생각해?"

"그건 역시 그거죠. 친해지기 어렵다는 것."

모니카는 아무런 망설임 없이 즉답했다. 오히려 기분 좋게 느껴질 정도로 거침없는 태도. 그런 모니카의 특기가 발휘되고 있었다.

"안나 씨는 최연소 길드 마스터가 될 정도로 우수하고 미인인데, 그렇기 때문에 빈틈이 전혀 없다고나 할까요."

"빈틈이 없는 게 제일 좋은 거 아냐?"

"쯧쯧. 뭘 모르시네요. 사람은 말이죠, 빈틈이 좀 있어야 귀엽거든요. 지나치게 완벽한 사람은 사랑받을 수 없어요."

모니카는 손가락을 좌우로 까딱까딱 흔들더니, 자기 가슴에 손을 얹었다.

"저를 보세요! 온몸 구석구석이 빈틈투성이! 방어력이 형편없는 사람! 바로 거기서 절대적인 애교가 생겨나고 있는 겁니다!"

"자화자찬이야?"

"애초에 네가 그 정도로 사랑받고 있었어?"

"실례잖아요?! 당연히 미친 듯이 사랑받고 있죠! 안나 씨를 필두로 해서! 이 왕도의 주민들이 날마다 저를 얼마나 사랑해주고 있는데요!"

"응, 당신의 자기 긍정의 힘이 엄청나다는 것은 알겠어."

"부모님한테 사랑받고 자란 거겠지."

우리의 말을 무시하고 모니카는 계속해서 이야기했다.

117

"그리고 안나 씨는 말이죠. 도도해 보이기도 해요. 붙임성이 없잖아요? 길드 내에서 사람들과 친하게 지내는 편도 아니고."

"모니카. 그것은 전적으로 나에 대한 당신의 개인적인 의견 아니야?"

"무슨 말씀이세요? 저는 안나 씨를 무척 좋아한답니다."

태연하게 그런 말을 하더니 모니카는 이야기를 계속했다.

"도로테아는 붙임성도 있고, 남들과 친하게 지내거든요. 얼마 전에는 직원들의 연애에 관한 고민도 들어줬다고요."

그랬구나.

"좋아하는 남자한테 차인 접수원을 위로하느라 밤늦게까지 그 옆에 있기도 했대요."

그건 굉장한데.

"그러고 보니 모험가 길드에서 정기적으로 하는 회식 말인데요. 안나 씨는 접수원 시절부터 한 번도 참가한 적이 없었죠?"

"시간 낭비잖아. 당신처럼 친한 사람과 일대일로 만나는 거면 또 몰라도, 회식에서 많은 사람을 상대로 무난한 이야기를 할 바에야 얼른 집에 가서 공부하는 것이 유의미하니까. 더 나아가 그것이 길드에도 도움이 될 테고."

"바로 그런 점이! 그런 점이 문제라고요!"

모니카는 안나를 향해 삿대질하면서 소리쳤다.

"회식은 직장 사람들과 친교를 나누기 위한 이벤트입니다! 쓸데없는 잡담을 통해서 우리가 같은 공동체의 동료란 사실을 서로 인식하는 거라고요!"

"엄청난 열량이군."

"회식에 참여하면 호감을 얻게 됩니다. 실수를 좀 하더라도 어쩔 수 없지~ 하고 웃으면서 넘어가게 된다고요."

모니카는 의기양양한 표정으로 말을 이었다.

"솔직히 말하자면, 저는 오로지 그 방법만 써서 살아남았다고 해도 과언이 아닙니다."

"하지만 나는 실수를 안 하는걸."

"어이쿠, 지나친 유능함이 발목을 잡는군요!"

모니카는 날카롭게 한마디 던졌다. 그리고 어이없다는 듯이 어깨를 으쓱했다.

"보통 안나 씨처럼 사교성 없는 사람은 어딘가에서 벽에 막혀서 결국 인간관계에도 신경을 쓸 수밖에 없는 상황에 부닥치거든요? 그런데 당신은 지나치게 유능한 나머지, 단 한 번도 좌절하지 않고 꼭대기까지 올라가버렸단 말이죠."

하·지·만 그렇게 말을 딱딱 끊어가면서 이야기를 계속했다.

"아무리 일을 잘해도, 결국 가장 중요한 것은 인간관계입니다! 좀 더 길드의 직원들과 모험가들에게 가까이 다가가야 한다고요!"

"그렇구나."

단점을 지적받은 안나는 턱을 만지작거리면서 생각에 잠긴 것처럼 말했다.

"모니카. 당신의 의견은 이해했어. 일리는 있다고 생각해. 하지만 다짜고짜 남들한테 가까이 다가가세요! 하는 말을 들어도 말이지……. 어떻게 해야 할지 모르겠는데."

"그건 저한테 맡기세요."

"뭐?"

모니카는 거친 콧김을 뿜으면서 자신만만하게 가슴에 손을 대고 말했다.

"안나 씨가 모두에게 사랑받을 수 있도록, 제가 당신을 프로듀스 해드릴게요! 목적지까지 호화 여객선에 태워서 편안하게 보내 드리겠습니다!"

"……나한테는 왠지 그게 종이배처럼 느껴지는데."

"내가 보기에는 배 밑바닥에 구멍이 뚫린 것 같다."

으스대는 모니카 앞에서 우리는 묘한 불안감을 느꼈다.

다음 날.

모니카 프로듀스, 안나가 모두와 가까워지기 위한 작전이 즉시 결행되었다.

내가 모험가 길드에 상황을 살피러 가봤더니, 그곳에는 다른 여자 접수원들과 마찬가지로 바니걸 의상을 입고 있는 안나가 있었다.

"왜 나까지 바니걸이 되어야 하는데……."

"아, 그야 물론 동료 의식을 고취하기 위해서죠."

똑같이 바니걸 옷을 입은 모니카는 팔짱을 끼고 이야기했다.

"야구 유니폼을 입은 선수들 속에서 혼자만 축구 유니폼을 입고 있는 사람이 있다면, '저 녀석은 뭐야?'란 생각이 들지 않겠어요?"

"하지만 이 옷은 너무 허전하잖아……."

노출이 심한 의상에 대해 안나는 불만을 느끼는 것 같았다.

"어머나, 안나 씨. 오늘은 바니걸 옷을 입으셨네요?"

그때 도로테아가 귀엽게 종종걸음으로 다가왔다. 양손을 뒤로 모으고서 바니걸 차림의 안나를 한번 전체적으로 살펴보더니.

"와, 정말 잘 어울리는데요♪"

"놀리는 거야?"

"아뇨, 아뇨. 진심이에요. 저는 귀여운 것은 제대로 귀엽다고 말하거든요. 지금 안나 씨는 정말로 귀여워요♪"

"…………."

천사 같은 도로테아의 미소 앞에서 안나는 말문이 막혀버렸다.

좀 더 공격적인 행동에 대비하고 있었던 것이리라. 그런데 상대가 순순히 칭찬해주는 바람에 오히려 동요해버린 것 같았다.

"도로테앙─. 나 다녀왔어─."

"아, 그렌 씨. 어서 오세요─♪"

이마에 흉터가 있는 거한──B랭크 모험가 그렌이 부르자, 도로테아는 얼른 그쪽으로 뛰어갔다.

"당연히 좀 더 공격적으로 나를 대할 줄 알았는데, 왠지 김빠지는 느낌이야."

안나가 중얼거렸다

"굉장해요—♪ 역시 그렌 님이셔!"

"으하하! 뭐, 내가 좀 그렇지!"

도로테아의 칭찬을 받고 그렌은 또 헤벌쭉하게 웃고 있었다. 상대가 치켜세워주니까 신이 나서 임무의 성과를 자랑하고 있었다.

"안나 씨. 바로 저거예요. 모험가와 원활한 의사소통을 한다는 것은."

그 광경을 지켜보던 모니카가 속삭였다.

"그렇구나" 하고 안나는 상황을 관찰했다.

그때 마침 모험가 한 명이 임무를 마치고 돌아왔다.

등에 활을 메고 있는 마른 체형의 남자였다. 눈은 이쑤시개처럼 가늘었다.

"안나 씨, 기회가 왔어요. 저 남자와 의사소통을 하세요. 그리고 도로테아처럼 멋지게 그를 휘어잡아보는 거예요."

"알았어. 나만 믿어."

안나는 궁수 모험가에게 다가갔다.

"임무 수행하느라 고생했어."

"기, 길드 마스터?!"

안나가 말을 걸자 그 궁수 모험가는 당황했다.

"내, 내가, 무슨 잘못이라도 했나요?"

"응?"

"아니, 길드 마스터가 나처럼 별 볼 일 없는 모험가한테 말을 거니까. 나도 모르는 사이에 뭔가 큰 실수라도 한 것 같아서……."

궁수 모험가는 얼굴이 창백해졌다. 허겁지겁 바닥에 엎드려 머리를 조아렸다.

"제발 추방은 하지 말아주세요! 저에게는 가족이 있어요!"

"…………"

"엄청나게 겁먹은 것 같은데."

"안나 씨는 저렇게 젊은데도 위엄이 장난 아니니까요ㅡ. 도로테아의 부드럽고 말랑말랑한 분위기와는 정반대란 말이죠."

"아니, 난 당신을 나무라려고 온 게 아니야. 그냥 고생했다고 말해주러 온 거지."

안나는 상대한테 고개를 들게 했다. 그리고 질문을 던졌다.

"그래, 임무는 어땠어?"

드디어 안나의 의도를 이해한 걸까.

궁수 모험가는 한순간 머뭇거리다가 입을 열었다.

"저, 일단, 잘 끝냈습니다. 마을을 덮친 괴조(怪鳥)를 토벌하는 임무였는데요. 그놈이 경계해서 좀처럼 모습을 드러내지 않더라고요. 그래서 인접한 숲의 수풀 속에 숨어서 종일 기다렸습니다. 완전히 기척을 숨기고 있었죠. 그랬더니 제가 돌아간 줄 알았나 봐요. 그놈이 마을을 덮치려고 무방비하게 모습을 드러냈지 뭐예요. 그래서 그 미간을 화살 한 방으로 꿰뚫어줬습니다."

이야기하다가 점점 신이 났나 보다. 그 말투가 열정적으로 변했다.

"그놈의 괴조가 말이죠, 화살을 맞은 순간 화들짝 놀란 표정을 짓더라고요. 설마 그렇게 멀리 떨어진 곳에서 활을 쏠 거라고는 생각하지 못했던 거겠죠. 그게 걸작이었어요. 한 방에 해치웠으니까 화살도 하나밖에 안 썼고요. 철야를 하긴 했지만, 최대 4일까지 철야를 해본 경험은 있으니까요. 아— 그때는 정말 힘들어서 죽는 줄 알았다니까요?"

"그랬구나. 응, 고생했어. 기한보다 더 빨리 임무를 달성해줬으니까, 보수액은 좀 더 넉넉하게 쳐줄게."

안나는 생긋 미소를 짓더니 말을 덧붙였다.

"그건 그렇고. 당신한테 또 부탁하고 싶은 토벌 임무가 있거든? 하루 푹 쉬고 내일 출발해줄 수 있어?"

"…………아, 네."

"고마워. 그럼 잘 부탁할게."

안나가 웃는 얼굴로 어깨를 두드리자, 궁수 모험가는 곧바로 다음 임무를 수행하러 갔다. 터벅터벅 걸어가는 그 뒷모습은 어쩐지 쓸쓸해 보였다.

안나는 이쪽으로 돌아오더니 우리에게 물어봤다.

"자, 어땠어?"

"어— 그게 말이죠."

"뭐랄까…… 나쁘진 않았던 것 같은데."

"0점이네요♪"

우리가 우물거리고 있는데, 어느새 옆에 다가와 있던 도로테아가 활짝 웃으며 가차 없이 일도양단했다.

"0, 0점?"

"네, 0점입니다♪"

"아니, 하지만 나는 그의 노고를 위로해줬잖아? 보수액도 늘려줬고."

"아까 그분은 칭찬을 받고 싶었던 거예요. 괴조를 한 방에 쓰러뜨리다니, 정말 굉장하네요! 하고."

도로테아는 살짝 쓴웃음을 지었다.

"그런데 안나 씨는 단지 고생했다는 한마디만 했을 뿐이죠. 그것은 배고픈 사람한테 빵 부스러기만 주는 거나 마찬가지라고요."

"윽……."

안나는 동요했다.

"아니, 하지만 아빠에 비하면 별로 굉장한 것도 아니니까……. 굉장하지도 않은 사람한테 굉장하다고 말하는 것은, 내 자존심이 허락하지 않는다고나 할까……."

"안나 씨. 그 정도면 파더콤이 너무 심한 거 아닌가요?"

"뭐, 뭐라고?!"

도로테아의 한마디에 안나는 마치 주먹으로 맞은 것처럼 몸을 뒤로 젖혔다. 파더 콤플렉스라고 낙인찍힌 것은 충격이었나

보다.

"저도 물론 대디가 세상에서 제일 굉장하고 멋지다고 생각하거든요? 하지만 그것과 이것은 별개의 문제니까요. 남을 칭찬할 때는 제대로 칭찬해줘야죠. 모두 누군가에게 인정받고 싶어 하니까요. 모험가 여러분의 의욕을 높여주는 것도 저희가 해야 할 일이잖아요? 그런데 알량한 자기 자존심 때문에 그 일을 소홀히 하다니——."

천천히 주먹을 들어 올리듯이 그런 말을 하더니.

도로테아는 여전히 미소 짓는 얼굴로, 라이트 스트레이트처럼 묵직한 일격을 내질렀다.

"안나 씨는 의외로 어린애 같네요♪"

"…………."

안나의 표정근이 씰룩씰룩 움직이고 있었다.

"말문이 막혀서 찍소리도 못하는 모양이군요."

모니카는 그 모습을 보면서 느긋하게 중얼거렸다.

"뭐, 그래도 저렇게 꼼짝 못 하게 된 안나 씨를 볼 기회는 거의 없으니까요. 이것도 나름대로 괜찮네요!"

"네가 가장 이 상황을 즐기고 있구나……."

나는 저절로 쓴웃음을 지었다.

안나가 열세에 몰리면 한 팀인 모니카도 곤란해질 텐데. 그 점을 알기는 하는 걸까?

"이상하다…… 이럴 리가 없는데……."

납득하지 못하겠다는 심정을 표정으로 드러내고 있는 안나.

그때였다.

"어휴~······."

여자 접수원 한 명이 한숨을 푹 내쉬는 모습이 우리 시야에 들어왔다. 그 표정은 어두웠다. 마치 악령이 들러붙어 힘들어하는 것 같았다.

"······저 애는 상당히 기운이 없어 보이네."

"안나 씨, 좋은 기회예요. 부하에게 친근하게 다가감으로써 직원들 사이에서 단번에 점수를 따는 겁니다!"

"좋아. 아까처럼 실수하지는 않을 거야."

안나는 의욕을 불태우면서 그 접수원에게 다가갔다.

"저기, 무슨 일 있니?"

"아, 안나 씨."

말을 걸었더니 그 접수원은 어깨를 움찔했다.

"무슨 고민이라도 있어?"

"아, 아뇨. 안나 씨한테 말씀드릴 만한 일은 아닌데요."

"길드 직원들을 돌봐주는 것도 길드 마스터의 일이야. 당신이 뭔가 고민하고 있다면, 내가 도와주고 싶어."

안나는 그렇게 말하고 다정한 미소를 지었다.

"괜찮다면 이야기해주지 않을래?"

그 진지한 태도에 마음이 움직인 걸까.

망설이던 접수원은 이윽고 결심한 것처럼 입을 열었다.

"저, 실은…… 남자 친구 때문에 고민하고 있어요."

그 접수원한테는 사귄 지 반년쯤 된 남자 친구가 있었다.

그런데 그 남자 친구는 사귀기 시작한 지 얼마 안 돼서 일을 그만뒀고, 그때부터는 제대로 구직도 안 하고 종일 빈둥빈둥 놀기만 했다.

구직 활동을 하겠다면서 접수원한테서 빼앗아간 돈을 도박으로 날리기도 했고, 그 점을 비난했더니 오히려 접수원한테 욕을 퍼붓기도 했다.

그러다가 최근에는 음유시인이 되기로 했다고 한다. 그런데 악기도 다룰 줄 모르고, 지금까지 시 하나 짓지도 않았다는 것이다.

"그것참…… 심각하네."

"네, 정말 제멋대로 구는 사람이에요."

접수원은 한심하다는 듯이 말했다.

"저는 항상 그 사람한테 휘둘리기만 하고……. 그런데 말이죠. 왠지 어린애 같다고나 할까요? 그냥 내버려 둘 수 없는 부분도 있거든요."

"그런 남자하고는 빨리 헤어져."

안나는 단호하게 딱 잘라 말했다.

"네?"

"계속 사귀어봤자 당신한테는 도움이 안 되잖아."

"하, 하지만, 그 사람은, 좋은 점도 있어요. 도박으로 돈을 딴 날은 저한테 선물을 사주기도 하고……."

"어쩌다 가끔 생각난 것처럼 베풀어주는 친절에 속아 넘어가면 안 돼."

"언젠가 마음을 고쳐먹고 성실해질 수도 있잖아요……."

"어휴, 말도 안 돼. 사람은 그리 쉽게 달라지지 않아. 마음 독하게 먹고 인연을 끊어야 해. 안 그러면 질질 끌려가면서 인생을 낭비하게 될 거야."

가볍게 그런 말을 하더니.

"당신이 헤어지자는 말을 꺼내기 어렵다면, 내가 대신 말해줄게. 걱정하지 마. 뒤끝 없이 깔끔하게 해결해줄 테니까——."

"……됐어요."

"응?"

"……안나 씨, 당신은 어차피 그 사람의 좋은 점을 이해하지 못해요!"

접수원은 그렇게 소리를 지르더니 휙 돌아서 어디론가 뛰어갔다.

"?? 어, 왜 저래?"

뒤에 남은 안나는 얼빠진 표정을 짓고 있었다. 나와 모니카를 돌아보더니, 이해할 수 없다는 듯이 말했다.

"저기, 난 틀린 말은 하나도 안 했잖아?"

"어— 그게 말이죠."

"뭐랄까……."

"방금 그것도 0점이었어요♪"

일련의 대화 장면을 지켜보고 있던 도로테아가 또다시 냉혹하게 점수를 매겼다.

"또 0점이야?!"

연속으로 낙제점을 받아버린 안나는 당황했다.

"저 아이의 고민거리에 대해서 나는 제대로 조언을 해줬잖아? 딱히 잘못된 말을 한 것 같진 않은데."

"네, 물론 잘못된 말은 하지 않았어요. 흠잡을 데 없을 정도로 더없이 적확한 말이었다고 생각합니다."

"응, 그러면——."

"하지만 저 아이는 조언을 원했던 게 아니거든요♪"

"뭐?"

허를 찔린 안나. 도로테아는 여전히 웃는 얼굴이었다.

"조언을 원했던 게 아니라고?"

"네. 저 아이는 단지 이야기를 들어주길 바랐던 거예요. 아, 그렇구나, 힘들겠다~. 이것이 조금 전 상황에서의 정답입니다."

도로테아는 타이르는 것처럼 집게손가락을 세우고 말했다.

"애초에 저 사람은 남자 친구와 헤어지고 싶지 않은 것 같았다고요. 그렇게 불평하는 것도, 실은 일종의 애인 자랑이라고 봐야 해요."

"애인 자랑이라고……? 그게……?"

"그런데 안나 씨는 그 이야기를 듣고 남자 친구를 죄인 취급하면서 헤어지게 만들려고 했잖아요? 그러니 저 아이가 화내는 것도 당연하죠."

"하지만 그 남자는 쓰레기잖아?"

"네. 분명히 쓰레기죠."

"그럼 헤어지게 만드는 편이 낫잖아?"

"저희가 무슨 말을 하더라도 상대는 그리 쉽게 달라지지 않아요. 아무리 등을 떠밀어줘도, 결국 본인이 스스로 깨닫고 행동에 나서야만 해요. 그러려면 긴 시간이 필요합니다. 주변 사람이 해 줄 수 있는 것은 그저 그 아이를 다른 즐거운 곳에 데려가 주거나 다양한 사람들을 만나게 해줘서, 지금 사귀고 있는 남자 친구의 가치를 떨어뜨리는 것밖에 없어요."

'그리고' 하고 도로테아는 말을 이었다.

"안나 씨. 일방적으로 해결책을 제시해서 얼른 일을 끝내버리려고 하는 것은, 상대에게 가까이 다가가는 행위라고 할 수 없거든요?"

"…………."

안나의 표정근이 씰룩씰룩 움직이고 있었다.

"또 말문이 막혀서 찍소리도 못하게 됐네요."

그 모습을 본 모니카가 좀 전과 마찬가지로 중얼거렸다.

"……찌익."

"아, 소리 냈다."

"진짜로 찍소리만 냈네."

점점 더 패배감을 느끼는 안나를 내버려 둔 채.

"도로테아. 내 말 좀 들어봐. 남자 친구가―."

"네—? 우와, 진짜요—?"

아까 그 접수원은 도로테아를 발견하자마자 반색하더니 신나게 자기 애인에 대한 불평, 아니, 자랑을 늘어놓기 시작했다.

"도로테아—."

"우리도 좀 상대해줘—."

모험가들도 저마다 도로테아에게 말을 걸었다.

도로테아가 있기만 해도 그곳의 분위기가 확 밝아졌다. 저절로 빛에 이끌리는 것처럼 그 소녀 주위에는 사람들이 모여들었다.

"…………."

압도적인 인망의 차이를 자기 눈으로 똑똑히 확인한 안나는 완전히 기가 꺾인 표정을 짓고 있었다.

해가 저물 무렵. 모험가 길드는 술렁거리고 있었다.

모험가들과 접수원들이 모두 다 눈에 띄게 안절부절못하고 있었다. 무서워서 벌벌 떠는 듯한 분위기가 그곳 전체를 뒤덮고 있었다.

모두가 바라보는 곳——.

대합실의 테이블 한쪽 구석의 자리에, 안나가 엎드려 있었다.

마치 꽉 다물린 조개처럼 고개를 푹 숙이고 있어서 표정은 보이지 않았다.

하지만 무거운 분위기가 등 뒤에서 피어오르고 있었다.

"안나 씨가 대체 왜 저러는 거지……?"

"강철의 길드 마스터라고 불리는 안나 씨가 저토록 우울해하다니. 저런 모습은 지금까지 한 번도 본 적이 없어."

모험가들은 멀리서 소곤소곤 자기들끼리 이야기했다.

안나가 발산하는 유독한 기운이 너무 강하기 때문일까. 안나에게 직접 무슨 일이냐고 물어볼 수 있는 사람은 한 명도 없었다.

그 대신 억측이 난무했다.

"설마 터무니없는 사태가 일어난 거 아냐……?"

"터, 터무니없는 사태?"

"이를테면 S급 몬스터가 여러 마리가 떼지어서 왕도로 몰려오고 있다든가."

""뭐라고오오오오?!""

모험가들은 일제히 동요하여 소리를 질렀다.

"아니, 이봐. 그럼 위험하잖아!"

"한 마리도 감당하기 힘든데, 여러 마리라고……?! 왕도가 멸망하겠는데?!"

"아니, 하지만 왕도에는 카이젤 씨와 그분의 따님들이 있잖아. 어떤 마물이 쳐들어와도 대처할 수 있을 거야."

"하, 하긴, 그건 그래. 그러면 다른 일 때문에 우울해하는 건가? 하지만 저렇게까지 우울해할 이유가 또 뭐가 있다고……."

"모험가 길드가 실은 경영난에 시달리고 있어서, 직원들을 대량으로 해고해야 할 판이라 낙담하고 있는 건가?"

""뭐라고오오오오?!""

이번에는 접수원들이 동요하여 소리를 질렀다.

"모험가 길드가 경영난?!"

"직원이 대량으로 해고된다고?!"

"잠깐만! 그럼 곤란하거든?! 나도 먹고살아야 하는데! 지금 당장 직장을 바꾸기는 어렵단 말이야!"

"우선 1등으로 해고당하는 사람은 모니카일 테고……. 난 아직 아슬아슬하게 잘리지는 않는 수준일 테니까……."

접수원들의 상황은 아비규환이었다.

실제로는 S급 몬스터가 왕도로 오는 것도 아니고, 모험가 길드가 경영난 때문에 직원들을 해고하려고 하는 것도 아니었다.

단지 모험가 길드 사람들이 각자 알아서 아니 땐 굴뚝의 연기를 피워내면서 자발적으로 허둥거리고 있을 뿐이었다.

평소에는 냉정하고 침착해서 결코 우울한 모습은 보여주지 않는 안나. 그렇기 때문에 안나의 우울한 모습이 이토록 다른 사람들을 동요하게 만드는 것이리라.

"저기, 다들 진정해. 왕도로 S급 몬스터가 오고 있지도 않고, 길드가 경영난에 빠지지도 않았으니까."

나는 소동을 가라앉히려고 그렇게 잘 타이르듯이 말했다. 그러자 패닉 상태에 빠졌던 사람들은 점차 정신을 차렸다.

"오…… 맞아, 카이젤 씨가 그렇게 말한다면 그런 거겠지."

"대규모 전투가 일어날까 봐 걱정했다니까."

"모험가 길드가 직원을 해고하지도 않는다고요? 아아, 다행이다—.”

“그럼 안나 씨는 왜 저렇게 우울해하는 거예요?”

“실은…….”

나는 그들에게 사정을 설명해주기로 했다.

그 대단한 안나가 우울해하다니. 도대체 무슨 이유인지—.

그들은 처음에는 진지한 표정으로 이야기를 들었다. 그러나 사정을 알게 되자 당황한 듯한 표정을 지었다.

“네……? 겨우 그런 일 때문이라고요?”

“응.”

““………….””

모험가들과 접수원들은 다 같이 얼굴을 마주 봤다. 그리고 테이블 위에 엎드려 있는 안나 곁으로 다가갔다.

“저기요—, 안나 씨.”

“………….”

“안나 씨가 우울해하는 것은, 우리 모험가들이나 직원들한테서 제대로 지지를 받지 못하고 있어서 그런 거라고 들었는데요.”

“……그래, 맞아.”

안나는 고개를 들었다.

“이번에 깨달았거든. 나는 도로테아처럼 될 수 없어. 모험가들이나 직원들한테 인기 있는 사람이 될 수는 없어.”

그렇게 말한 뒤.

“……후후. 아마도 지금까지 계속 일에만 매달리면서 인간관계에는 거의 신경 쓰지 않았던 벌을 이제야 받는 거겠지."

훗 하고 자학적으로 웃었다.

"이대로 가다간 머잖아 길드 마스터 자리에서도 쫓겨날 거야. 그것은 내 인생의 단 하나뿐인 최대의 오점이 될 테지."

"그 완전무결한 길드 마스터가 이렇게 자포자기하다니……!"

"부정적인 감정은 아예 안 가지고 있는 줄 알았는데……!"

평소에는 볼 수 없었던 안나의 새로운 모습을 본 모험가들과 직원들은 깜짝 놀란 표정을 짓고 있었다.

"완전히 좌절하셨네요♪"

내 옆에 있던 도로테아가 활짝 웃었다.

"저 모습을 보니, 처음에 상정했던 것보다도 더 빠르게 제가 길드 마스터 자리에 앉을 수 있을지도 모르겠는데요?"

"글쎄, 과연 그럴까."

"?"

"안나는 사상 최연소로 길드 마스터 자리에 오른 사람이야. 단순히 운이 좋아서 그럴 수 있었던 게 아니란 거지."

내가 그렇게 이야기하고 있는데, 바로 그때.

와하하! 하고.

안나 주위를 둘러싸고 있던 사람들이 웃음을 터뜨렸다.

"뭐, 뭐가 그렇게 우스워……?"

예상치 못한 웃음소리에 안나는 얼떨떨해진 것 같았다.

그러자 주위를 둘러싸고 있던 모험가 중 한 명이 웃으면서 말했다.

"아니, 그게요. 길드 마스터도 그런 일로 고민하는구나~ 하는 생각이 들어서요. 좀 더 기계처럼 냉철한 사람인 줄 알았는데."

"이렇게 삐친 안나 씨도 꽤 괜찮은데요?"

그동안 안나는 남들 앞에서 약한 모습을 보여준 적이 없었다. 그래서 다들 지금 친근감을 느끼고 있는 것이리라.

"그런데 길드 마스터님. 당신은 착각하고 있어요."

"뭐?"

"안나 씨는 우리 모험가들의 인기를 얻을 수 없다고 생각하잖 아요. 아뇨, 실은 제대로 인기를 얻고 있어요."

안나는 곤혹스러운 표정을 지었다.

"하지만 나는 도로테아처럼 당신들과 원활한 의사소통을 하지 는 못하고 있는데?"

"네, 물론 길드 마스터님은 붙임성은 없어요. 도로테아처럼 그 냥 그 자리에 존재하기만 해도 분위기를 밝게 만들어주는 화사한 매력은 없죠."

'하지만' 하고 모험가는 말을 이었다.

"당신이 날마다 우리 모험가들을 위해 온몸을 바쳐 일하고 있 다는 것은 알아요. 모험가들을 보호하기 위해 상층부와 싸워주고 있다는 것도."

"길드 마스터는 권력이 있다고 자만하지 않고 모두를 평등하게 대해주잖아. 잘못된 것은 잘못됐다고 말해주고."

"나는 당신이 길드 마스터라서 이렇게 모험가 일을 계속하고 있는 거야."

"여러분……."

신출내기 모험가부터 역전의 베테랑 모험가에 이르기까지, 이 왕도에 있는 모험가들은 모두 다 안나가 일하는 모습을 직접 지켜봐 왔다.

붙임성은 없을지도 모른다.

모험가들을 능숙한 말로 칭찬해주지는 못할지도 모른다.

하지만 그래도 안나는 모험가들한테 신뢰를 받고 있었다. 그것은 오로지 그들을 위해 쭉 열심히 일했기 때문이다.

"맞아요!"

접수원 한 명이 뒤따르듯이 소리를 냈다.

"우리 길드 직원들도 성격적으로는 안 맞는 부분이 있을지 몰라도, 안나 씨를 존경하지 않는 사람은 단 한 명도 없어요."

"매일 아침부터 밤까지 내내 일하고, 어떤 신입보다도 최선을 다해 노력하잖아요. 우리는 그런 당신의 뒷모습을 보고 동경하고 있어요."

"여러분……."

길드 직원들의 말을 들은 안나는 크게 감동했다.

다른 사람들과 잘 사귀는 의사소통 능력은 부족할지도 모른다.

하지만 안나는 틀림없이 지지를 받고 있었다.

그것은 안나가 길드 마스터 지위에 어울리는 모습을 계속 보여줬기 때문이다. 그동안 압도적인 성과를 냈기 때문이다.

"그렇군요. 이것이 안나 씨가 지금까지 쌓아온 건가요."

모두에게 둘러싸여 있는 안나의 모습을 멀리서 바라보면서 도로테아는 중얼거렸다.

"치. 좀 더 간단히 길드 마스터의 자리를 빼앗을 수 있다고 생각했는데요. 상상보다 더 고생할 것 같네요."

그렇게 투덜거리고 있는데도.

모험가와 길드 직원에게 둘러싸여 있는 안나를 바라보는 도로테아의 눈빛에는, 어쩐지 부러움이 섞여 있는 것 같았다.

밤.

모험가 길드의 영업이 끝난 후.

도로테아는 집에 돌아가기 위해 거리를 걷고 있었다.

큰길에서 모퉁이를 돌아 좁은 골목길로 접어들었다. 그러자 통행인은 확 줄어들었다. 주위는 쥐 죽은 듯이 조용했다.

왠지 공기가 탁한 느낌이 들었다.

불길한 예감이 들어서 저절로 도로테아의 발걸음이 빨라졌다.

그런데 그때.

눈앞에 갑자기 쑥 하고 거대한 사람 그림자가 나타났다.

달을 뒤덮었던 두꺼운 구름이 바람에 밀려났다. 창백한 빛이 지상을 비추자, 거대한 사람 그림자의 정체가 드러났다.

"그렌 씨……?"

그곳에 있는 사람은, 이마에 흉터가 있는 덩치 큰 B랭크 모험가——그렌이었다. 그 사나운 눈은 가만히 도로테아를 응시하고 있었다.

"저, 무슨 일이신가요?"

"도로테앙. 요새 나한테 너무 차갑지 않아?"

"네?"

"나 말고 다른 모험가와 친하게 이야기하기도 하고. 또 퇴근 후 데이트하러 가자고 몇 번이나 꼬셨는데도 계속 피하기만 하고."

그렌은 탁한 눈동자로 진득하게 도로테아를 바라봤다.

"도로테앙, 이제는 내가 싫어졌어?"

"그럴 리가 없잖아요."

도로테아는 애매하게 미소를 지었다.

"제가 그렌 씨를 얼마나 믿고 의지하는데요."

"그래? 그럼 지금부터 데이트하자."

"네? 죄송해요. 오늘은 볼일이 좀 있어서……."

"거짓말하지 마! 이 불여우가!"

"앗, 저기——."

흥분한 그렌이 손을 쭉 뻗어서 도로테아의 목을 붙잡았다. 그 등이 골목길의 벽에 쾅 부딪쳤다.

"커헉……!"

도로테아의 날씬한 몸이 비명을 질렀다.

그렌의 손이 바이스처럼 강하게 도로테아의 목을 졸랐다. 도로테아는 벗어나려고 했지만, 힘이 너무 심하게 차이가 났다.

"그렇게 실컷 남자를 가지고 놀다니……! 내가 본때를 보여주
마……! 사람 우습게 봤던 네가 잘못한 거야……!"

그럴지도 모른다.

남의 호의를 이용해서 자신에게 유리하게끔 상대를 조종하고
있는 이상, 실수하면 지금과 같은 상황이 발생하는 것이다.

그의 말대로 자업자득이었다.

하지만 그렇게 할 수밖에 없었다.

──나한테는 다른 자매들 같은 재능이 없었으니까.

첫째 스노우나 셋째 가넷처럼, 자기 자신의 능력으로 멋지게
싸울 수 있는 재능을 가지고 태어나진 못했다.

그래서 남에게 빌붙는 수밖에 없었다.

아무한테나 애교를 부리고, 여기저기 아첨을 하고 다닌다.

자신의 심신을 갈아 가면서.

그것이 살아가기 위한 유일한 길이었다.

──그래서 안나 씨를 시기했던 거야.

주변 사람들에게 아첨하지 않고 고고하게 초지일관 자기 뜻대
로 살아가는 그 사람을. 그런데도 주변 사람들한테 신뢰를 받는
그 사람을.

시기했고, 그리고 진심으로 부러워했다.

동경했다.

그런 사람이 되고 싶다, 그렇게 되면 얼마나 좋을까 하고 간절

히 바랐다.

──이제 와서 그걸 깨닫다니…….

산소가 부족해지면서 점차 눈앞이 어둡게 흐려졌다.

그러다 마침내 의식의 끈이 끊어지려는 순간.

퍽!

날카로운 소리가 골목길에 울려 퍼졌다.

그와 동시에 도로테아의 목을 붙잡고 있던 그렌의 손이 떨어져 나갔다.

바닥에 엉덩방아를 찧으며 주저앉았다.

"커헉…… 쿨럭……!"

온몸이 갈망하고 있던 산소를 허겁지겁 들이켠 후, 도로테아는 도대체 무슨 일이 일어난 걸까? 하고 시선을 위로 옮겼다.

그랬더니.

모험가 길드 제복을 입은 여성이 도로테아를 감싸듯이 서 있었다.

땋아 늘인 머리카락과 당당한 뒷모습.

그것은 사상 최연소 길드 마스터가 된 여성──.

"안나 씨……!"

"감히 우리 직원한테 손을 대다니, 제정신이야?"

안나가 비난하자, 그렌은 짜증 난 것처럼 혀를 찼다.

"야, 꼬맹이. 방해하지 마라……!"

"그럴 수는 없어. 꼬맹이라도 길드 마스터거든. 길드 직원에 대한 폭력 행위를 못 본 척할 수는 없어."

"비켜!"

그렌이 통나무 같은 오른팔을 휘둘렀다. 안나가 휙 날아갔다.

"안나 씨!"

"으하하! 평범한 직원 주제에. 모험가를 이길 수 있을 것 같아?!"

그렌은 소리 높여 웃음을 터뜨리더니.

"너희 둘 다 혼쭐을 내주마……!"

짐승처럼 흉포한 미소를 지었다.

그 말을 들은 안나는 피식 웃음을 흘렸다.

"뭐가 우스워?"

"……모험가인 당신을 이길 수는 없다. 그 점은 이미 계산해놨어. 내가 아무 생각도 없이 이런 상황에 뛰어들었을 것 같아?"

그 순간 그렌은 온몸에 소름이 쫙 돋았다.

범상치 않은 기운을 감지하고, 반사적으로 그쪽을 홱 돌아봤다.

실제로 그곳에는 두 명의 사람 그림자가 서 있었다.

"감히 내 딸에게 손을 대다니."

"살아서 돌아갈 생각은 하지 마라."

"아빠……!"

"대디……!"

두 명의 사람 그림자──카이젤과 리발은 무시무시한 얼굴로 그렌을 쳐다보고 있었다.

그렌은 딱딱딱 소리가 나는 것을 눈치챘다. 그리고 조금 늦게 깨달았다. 그것이 무서워서 덜덜 떠는 자신의 이빨이 부딪쳐서 나는 소리란 것을.

지금까지는 자신이 사냥꾼이라고 생각했다.

압도적인 강자라고.

하지만 저 두 사람의 모습을 본 순간──자신도 결국 사냥감이란 사실을 저절로 실감하게 되었다.

"우오오오오오오오옷!"

흥분한 그렌은 포효하면서 그들에게 덤벼들었다.

하지만 그래 봤자 B랭크 모험가.

A랭크 모험가인 두 사람과는 비교도 안 되는 존재였다.

"파이어 애로!"

"선더 볼트!"

"크아아아아아악?!"

두 사람이 발사한 마법은 그렌을 순식간에 삼켜버렸다.

그리하여 골목 전체를 뒤덮었던 빛이 사라졌을 무렵. 바닥에는 기진맥진한 그렌이 마치 죽은 개구리처럼 꼴사납게 자빠져 있었다.

"직원에게 폭력을 가한 이상, 앞으로는 모험가 길드 출입은 일절 금하겠어. 그리고 자격도 박탈할 거야."

안나는 쓰러진 그렌에게 그렇게 고하더니 빙글 뒤를 돌아봤다.

"도로테아, 어디 다치지 않았어?"

"괘, 괜찮아요."

"그래? 다행이다."

"저, 저기, 왜 나를 도와주러 온 거예요?"

"?"

"우리는 적대하고 있었잖아요? 그냥 내버려 두면 내가 퇴장하게 됐을 테니까. 당신한테는 그게 더 도움이 됐을 텐데요."

"아, 그러네. 하지만 도로테아는 우수한 직원이니까. 사라지면 곤란해. 당신이 나 같은 입장이었어도 틀림없이 똑같은 일을 했을 거야."

안나와 도로테아는 대척되는 존재.

그러나 사적인 감정에 사로잡혀 목적을 잊어버리지 않는다는 점은 공통점이었다.

그래서 도로테아도 그것은 이해할 수 있었다.

만약에 안나가 방금 도로테아와 같은 입장에 처했더라면, 도로테아는 망설이지 않고 안나를 돕는 길을 선택했을 것이다.

하지만.

그 행위에 내포되는 감정은 다르다. 타산이 전부가 아닌 것이다. 안나를 동경하기 때문에, 거기에는 사적인 감정도 포함된다.

"……그러네요."

그렇게 대답하면서도 도로테아는 일말의 쓸쓸함을 느꼈다.

틀림없이 안나는 자신과 다를 것이다.

안나는 도로테아한테 아무런 감정도 없을 것이다.

그건 알지만, 그것이 좀 쓸쓸하게 느껴졌다.

"게다가."

그때 안나가 입가에 손가락을 대면서.

찡긋 하고 윙크했다.

"당신은 건방지긴 해도 귀여운 후배니까. 선배로서 지켜주는 게 당연하잖아?"

"──?!"

도로테아는 깜짝 놀랐다. 그리고 수줍음을 숨기려는 것처럼 질문을 던졌다.

"……저를 이렇게 살려뒀다가는 또다시 물어뜯으려고 할지도 모르는데요? 언젠가 안나 씨가 방심했을 때 기습할 수도 있어요."

"그거 좋네. 마음대로 해."

안나는 피식 웃었다.

"그 정도 기개가 없으면 긴장감도 없잖아? 안 그래도 '나를 추락시키려는 야심이 있는 부하가 있으면 좋겠다'라고 생각했었어."

"……후후."

못 이기겠구나. 도로테아는 살짝 쓴웃음을 지었다.

안나 씨한테는 못 이기겠다.

현재로서는, 아직.

제4화

그렌과 충돌하는 사건이 있고 나서.

모험가 길드 내의 갈등은 일단 가라앉은 것 같았다.

도로테아는 안나에게 우호적인 태도를 보이게 되었다.

안나도 그게 싫지는 않았나 보다. 일이 끝나면 둘이서 밤거리에 놀러 나가게 되었다.

성격은 달라도 둘 다 향상심이 많은 타입이었다. 그래서 마음이 맞는 것이리라. 서로 좋은 친구 관계가 된 것 같았다.

모니카는 안나를 빼앗겼다면서 원통해하고 있었지만…….

나는 어떤가 하면, 오늘부터는 다시 마법 학교 강사로 일하게 되었다.

학교에 출근해서 교무실에서 담당 수업을 준비하고 있는데, 동료 강사인 이레네가 한숨을 푹 내쉬면서 돌아왔다.

이 사람은 분명히 좀 전까지 메릴네 반에서 수업했을 텐데.

"이레네 선생님. 무슨 일 있어요?"

"아, 카이젤 선생님. 흉한 모습을 보여드렸네요……."

이레네는 부끄러운지 뺨을 붉히고 있었다.

"저, 혹시 메릴이 또 무슨 짓을 했나요?"

"아뇨. 오늘은 메릴 씨는 아니에요."

안심했다.

그런데 '오늘은'이란 것은, 평소에는 대체로 메릴이 문제라는 뜻이다. 아버지로서 딸이 남에게 폐를 끼쳐서 죄송한 마음이 들었다.

"그러면 대체 누가……?"

"그게, 실은 그 전학생입니다."

"리발의 딸 말인가요."

마법 학교로 전학을 온 리발의 딸.

그 소녀는 메릴과 같은 반이 되었다고 들었다.

"네, 그 아이——가넷 씨는 메릴 씨 못지않은 문제아입니다."

"메릴 못지않은……?!"

그런 학생이 존재한단 말인가?!

"카이젤 선생님은 다음 수업을 그 반에서 하시죠?"

"아, 네."

"조심하세요. 그 아이의 행실은 보통 나쁜 것이 아닙니다. 적어도 저는 감당할 수 없는 상대예요."

이레네의 표정에 속상한 감정이 묻어났다.

"…………."

대체 어떤 학생일까?

오히려 궁금해졌다.

그때 예비 종이 울렸다.

"충고해주셔서 감사합니다. 그럼 가볼게요."

나는 이레네에게 인사한 뒤 돌아서서 교무실을 떠났다. 메릴과 학생들이 기다리는 교실로 걸어갔다.

교실에 도착하자 이미 학생들은 모두 다 자리에 앉아 있었다.

나는 교탁 위에 출석부를 놓고 주위를 둘러봤다.

오늘은 아무래도 메릴은 출석하지 않은 것 같았다. 연구실에 틀어박혀 개인적인 마법 연구에 몰두하고 있는 것이리라.

──저 아이가 문제의 그 학생인가.

그 학생은 금방 찾아낼 수 있었다.

바른 자세로 자리에 앉아 있는 학생들.

그 와중에 홀로──교실 뒷자리에 있는 금발 여학생은 어깨에 목도를 걸친 채, 다리를 쩍 벌리고 책상 위에 앉아 있었던 것이다.

질겅질겅 껌을 씹으면서 무시무시한 표정으로 이쪽을 쏘아보고 있었다. 시선만으로도 바위에 구멍을 뚫을 정도였다.

"네가 리발의 딸인가?"

"엉?"

나는 그 소녀에게 다가가 말을 걸었다.

"가넷. 나는 카이젤 클라이드라고 한다. 마법 학교의 시간 강사로 일하고 있어. 너희 아버지와는 오랜 친구 사이야."

미소를 지으며 손을 내밀었다.

"앞으로 잘 부탁한다."

"웹."

금발 여학생──가넷은 악수에 응하지 않았다. 그저 책상 위에 앉아 날카롭게 이쪽을 노려보고 있었다.

전혀 우호적이라고는 할 수 없는 반응이었다.

"이 애는 지금 완전히 반항기라서. 어른한테 반항하는 것이 멋있다고 생각하고 있거든. 너무 불쾌하게 여기진 말아줘."

옆자리에서 익숙한 목소리가 들렸다.

나는 그 목소리의 주인공을 보고 난감함을 느꼈다.

"……리발. 네가 왜 여기 있어?"

"나도 마법 학교 강사가 되었거든. 카이젤, 자네의 수업이 어떤지 한번 살펴보러 왔지."

리발은 상쾌한 미소를 지으면서 앞머리를 쓸어 올렸다.

아하, 그렇구나.

학원의 입장에서는, 리발 같은 초일류 마법사는 무슨 수를 써서든 강사로 고용하고 싶을 것이다.

그러면 학생들도 많은 것을 배울 수 있을 테고.

"아버지로서 가넷의 무례에 대해 사과할게. 미안하다."

"쓸데없는 짓 하지 마! 영감탱이!"

"아니, 얘야. 나를 부를 때에는 아빠나 대디라고 불러 달라고 했잖아? 자, 아빠라고 불러봐."

"시끄러워, 영감탱이!"

"나 참. 곤란하네."

리발은 쓴웃음을 지으며 어깨를 으쓱했다.

가넷은 나한테만 그러는 게 아니라 모든 것에 대해 날카롭게 구는 듯했다.

그래, 이 정도면 이레네가 감당하기는 어려울지도 모른다.

마법 학교 학생들은 기본적으로 성실한 아이들이 대부분이다.

가넷 같은 불량 학생과 접할 기회는 거의 없으니까. 면역이 되지 않았다면, 저절로 위축되는 것도 이해가 갔다.

"그럼 수업을 시작해볼까."

하지만 나는 면역이 되어 있었다.

고향에 있을 때 나는 아이들에게 검술을 가르쳤다. 그때 소위 악동이란 녀석들도 지도했다.

"…………."

가넷은 수업이 시작됐는데도 계속 날카로운 안광을 뿜어내고 있었다. 질경질경 껌을 씹으며 이쪽을 노려보는 중이었다.

"저기, 가넷."

"엉?"

"평범하게 자리에 앉지 않을래?"

"이게 내 스타일이야. 왜, 불만 있어?"

가넷은 기죽지 않았다.

오히려 나를 압박하려고 했다.

"아니, 불만은 없는데, 교실 뒤쪽에서 그렇게 책상 위에 앉아 있으면, 뒷자리 학생은 칠판이 안 보이잖아?"

가넷은 천천히 뒤를 돌아봤다.

뒤에 있는 학생과 눈이 마주쳤다.

자기 뒷모습이 그 학생의 시야를 가린다는 사실을 눈치채고.

"…………쳇."

가넷은 책상에서 다리를 내리더니 교실 앞까지 걸어왔다.

그리하여 절구처럼 둥그렇게 자리가 배치된 교실의 맨 앞줄 ──그 누구의 시야도 가리지 않는 평지에 도착하자, 다시 다리를 쩍 벌리고 앉았다.

"어때, 이 정도면 불만 없지?"

"그래."

잠깐 뜸을 들이다가 말했다.

"그런데 넌 이런 일에 관해서는, 순순히 말을 들어주는구나?"

"네놈의 말을 들어준 게 아니야! 그냥 내가 뒷자리에 있는 녀석한테 방해가 됐으니까. 그러면 안 된다고 생각했을 뿐이야."

가넷 나름의 긍지가 있는 모양이다.

"흠, 그럼 처음부터 똑바로 앉아서 수업을 들으면 되잖아?"

"그럴 수는 없지. 깡으로 버티는 것이 내 훈장이거든."

그 점에서는 양보할 수 없나 보다.

그래, 일단 다른 학생들을 방해하진 않으니까 괜찮겠지.

나는 다시 수업하려고 했다. 그때 문득 뭔가가 신경 쓰였다.

"아 참, 그러고 보니."

"응?"

"아까부터 계속 껌을 씹고 있던데."

"응."

"그거. 풍선도 만들 수 있어?"

"뭐?"

"아니, 계속 씹기만 해서. 풍선은 못 만드나? 하고 궁금해져서."

"누가 어린애인 줄 알아? 날 우습게 보지 마."

"그럼 한번 해보지 않을래? 오랜만에 보고 싶은데."

"……야. 지금 수업 중이거든?"

"잠깐 한숨 돌리자는 거지."

그러면서 나는 말을 이었다.

"설마 못 하는 거야?"

"하, 할 수 있거든?!"

가넷은 정색하더니 껌으로 풍선을 만들기 시작했다.

그러자.

불룩─ 하고.

벌어진 가넷의 입술 사이에서 껌의 막이 풍선처럼 부풀어 올랐다.

"오, 잘하는데?"

"헤헤. 어떠────앗."

의기양양한 표정을 지은 그 순간.

"──푸읍."

빵! 하고 지나치게 커진 풍선이 터졌다.

찢어진 막이 가넷의 얼굴을 팩처럼 뒤덮었다. 그 모습을 본 주위의 학생들은 애써 웃음을 참았다.

"좋아. 다시 수업을 시작하자."

"야! 무시하고 넘어가지 마!"

가넷이 새빨개진 얼굴로 노성을 질렀지만, 나는 그것을 등으로 받아내면서 다시 마법 구문 해설을 시작했다.

수업 시간 내내 원망하는 듯한 가넷의 시선이 화살처럼 꾸준히 나를 찔러댔다. 하지만 나는 태연한 얼굴로 그 모든 공격을 적당히 흘려보냈다.

"자, 그럼 이 문제는. 누구한테 물어볼까?"

나는 칠판에 글을 다 쓰고 나서 학생들을 한 번 둘러봤다.

누구를 시킬까…….

"좋아, 가넷에게 물어보자."

"뭐?!"

맨 앞줄에서 나를 잡아먹을 듯이 노려보고 있는 가넷을 지명했다.

"야, 이 자식아. 하필이면 왜 나를 골라? 이런 때 지명해야 할 사람 중에서는 당연히 내가 맨 먼저 제외되지 않아?!"

"너도 수강생 중 한 명이니까. 특별 취급은 하지 않아."

그리고 나는 이어서 말했다.

"번개 마법인 선더 애로를 발동시킬 때 어떤 부분을 바꾸면 속도가 더 빨라지는지. 대답할 수 있어?"

"맨 앞의 '찢어라'란 부분이잖아?"

가넷은 툭 내뱉듯이 중얼거렸다.

"오. 수업을 제대로 듣고 있었구나?"

"너를 계속 노려보고 있었으니까, 싫어도 저절로 귀에 들어오

던걸.”

하긴 그렇겠다.

교실 맨 앞줄에서 쉬지 않고 계속 나를 노려보고 있었으니까, 내 수업의 내용도 본의 아니게 들을 수밖에 없었을 것이다.

그 외에는 할 일도 없고.

그런데 묘한 부분에서 성실하구나.

“하하! 네놈은 대답을 못 하는 나를 좌중의 웃음거리로 만들려고 했겠지만. 이것으로 네 계획은 무너졌다.”

“그럴 의도는 전혀 없었어. 응, 잘했어.”

그러면서 나는 박수를 보냈다.

그러자 학생들도 덩달아 박수를 보내기 시작했다.

“그, 그만해! 나를 칭찬하지 마! 그러면 나쁜 사람 같지 않잖아! 동경하는 이미지가 아니라고!”

가넷은 양손을 마구 휘저으면서 박수를 그만두라고 했다. 그 얼굴은 수치심 때문에 붉게 물들어 있었다.

아마도 칭찬받는 것은 불편한가 보다.

수업이 끝나자 리발이 나에게 말을 걸었다.

“카이젤, 고생하게 해서 미안하다.”

“아냐, 이 정도는 괜찮아.”

“가넷은 나쁜 사람인 척하는 게 멋있다고 생각하는 것 같아. 그래서 늘 뚱한 태도로 모든 사람을 대한다니까.”

"그야말로 사춘기란 느낌이네."

"뭐랄까, 계속 나쁜 사람으로 살아간다는 거 말인데. 강한 사람이 아니면 불가능하잖아? 웬만한 사람은 강제로 교정을 당하니까."

"아, 그렇지."

꾸준히 나쁜 사람으로 살아가려면 그만한 실력과 깡이 필요하다. 어중간한 각오로는 그렇게 할 수 없다.

강하다는 증거를 얻기 위해, 그렇게 딱딱하게 버티려고 하는 건가.

"하지만 근본적으로 나쁜 애는 아니야. 그 애는 요리가 특기거든. 그래서 매일 아침 일찍 일어나 언니들의 도시락을 싸주고 있어."

"이봐, 쓸데없는 이야기를 나불나불 떠벌리고 다니지 마!"

가넷이 큰 소리로 화내자 리발은 어깨를 으쓱했다.

"나는 슬슬 후퇴해야겠군. 다음 수업이 있으니까."

"나는 좀 더 여기 있을게."

"그래? 응, 그럼 다음에 보자."

"응."

리발은 손을 들어 인사하더니 교실을 뒤로했다.

나는 수업에 관한 학생들의 질문을 받아주면서, 쉬는 시간에 가넷이 어떻게 지내는지 은근슬쩍 관찰해보기로 했다.

뭔가 이상하다…….

교실의 자리에 앉은 가넷은 위화감을 느끼고 있었다.

가넷은 나쁜 사람을 동경했다.

계속 나쁜 사람으로 살아가려면 일단 강해야 한다. 어중간한 사람은 주위의 압력에 굴복해 교정을 당해버리니까.

이 세상의 영웅들도 마찬가지였다.

그들은 자기 마음속에 있는 의지를 관철했기 때문에 후세에도 이름을 남기는 존재가 된 것이다.

모난 돌은 정을 맞는다. 그런 말이 있지만, 지나치게 모난 돌은 애초에 정을 맞지도 않는다. 더 나아가 주변 사람들의 존경까지 받을 것이다.

가넷이 이 학교로 전학을 온 것은 리발의 부탁을 받았기 때문이다. 카이젤의 딸인 현자보다도 더 뛰어난 모습을 보여 달라는 부탁이었다.

실은 그의 말을 들어줄 마음은 없었다.

현재 완벽한 반항기니까.

아버지의 말 따위는 들을 리가 없었다.

그러나 학교의 학생을 한번 보자마자 생각이 달라졌다.

──이 학교 교복, 진짜 멋있는데?!

마법 학교 교복에 첫눈에 반한 것이다.

──이 옷을 적당히 흐트러지게 입으면 틀림없이 멋있을 거야!

그래서 그 학교에 전학을 가기로 했다.

실제로 가넷의 예상은 적중했다.

전학을 온 첫날에 학교 교복을 입은 순간, 너무 멋있어서 마치 온몸에 전류가 흐르는 것처럼 부르르 떨었다.

──아아, 역시 진짜 멋있어—!

몇 번이나 거울 앞에서 포즈를 취했다. 그리고 결의했다.

──나는 이 학교에서 최고로 나쁜 사람이 될 거야.

리발의 부탁은 이미 머릿속에 없었다.

전학을 온 다음부터 불량 학생다운 태도를 보였으므로, 같은 반 학생들한테는 충분히 자신에 대한 외경심을 심어줬을 것이다.

쉬는 시간이 되었지만 아마 아무도 자신에게 접근하진 않을 것이다.

그것이 바로 나쁜 사람이며, 강자라는 증거다.

그런데.

"가넷아. 아까 수업 말이야. 굉장했어—."

"그런데 노트 필기는 안 했지? 내 노트를 빌려줄까? 그 대신 너에 관해 이것저것 알려주면 좋겠는데—."

남들이 미친 듯이 자신에게 말을 걸었다!

주위에 사람들이 잔뜩 모여 있었다!

"야, 이 자식들아. 나한테 접근하지 마."

"어? 왜?"

"난 나쁜 놈이란 말이다. 다치고 싶어?"

"하지만 넌 자매들을 위해 도시락을 싸준다면서?"

"다정하잖아—."

"헉! 아니, 아니거든—?! 그건 그냥 변덕으로…… 그, 그 녀석들이 의외로 기뻐해서 나도 모르게, 그렇게 했을 뿐이고!"

가넷은 허겁지겁 변명했다.

"아니— 애초에 나는 지금까지 실컷 불량한 짓을 해 왔잖아?! 그런데 너희들은 왜 겁을 안 먹는 거야?!"

"그건…….."

"뭐랄까."

"우리는 이미 면역이 되어 있으니까."

새침하고 도도한 고양이 같은 여학생이 말했다.

바른 자세로 당당하게 서 있는 그 소녀는 갸름하고 작은 턱을 만지작거리면서 유감스러운 표정을 짓고 있었다.

"어, 너는. 피오나였지? 이 반 반장."

"맞아."

"방금 그게 무슨 이야기야? 면역이라니?"

"이 반에는 당신보다 더한 문제아가 있거든. 그에 비하면 가넷 양의 행실은 별로 놀랍지도 않은 거야."

"……뭐라고?"

"당신은 일단 수업에는 참여하잖아? 하지만 그 아이는 지난 몇 주 동안 한 번도 출석하지 않았어."

"몇 주 동안 한 번도?!"

피오나는 조용히 고개를 끄덕였다.

"내가 몇 번이나 수업에 참여하라고 말했는데도 전혀 듣는 척도 안 해. 그러기는커녕 식당의 디저트나 사다 달라고 조른다니까."

"보이콧을 하는 데다가 심부름까지 시킨다고⋯⋯?!"

그렇다면.

가넷이 전학 온 다음부터 그 학생은 한 번도 수업에 참여하지 않았다는 뜻이다. 설마 이 반에 그런 놈이 있을 줄이야.

"아니— 그런데 그렇게 자주 결석하면 수업 일수가 부족해지지 않아?"

"그 애는 특별 장학생이거든. 출석이 면제되어 있어. 뭐, 그래도 다른 특별 장학생들은 기본적으로 출석을 잘하고 있지만."

"특별 장학새앵?"

가넷은 미심쩍어하는 표정을 지었다.

"특별 장학생이라면 일단은 학교의 대표 아냐? 학생들의 모범이 되어야 할 녀석이, 그렇게 행실이 나쁘다고?"

"응."

"진짜 나쁜 놈이잖아⋯⋯!"

아연실색하는 가넷에게 피오나가 말해줬다.

"맞아. 그 아이——메릴 클라이드는 이 학교 최고의 문제아. 가넷 양을 완전히 능가하는, 희대의 나쁜 사람이야."

"뭐라고——?!"

그 이름을 듣자마자 눈을 크게 떴다.

메릴 클라이드.

그것은 리발의 호적수인 카이젤과 같은 이름.

즉, 그 녀석의 딸이다.

"……그렇군. 일이 재미있어졌네."

리발의 부탁을 들어줄 생각은 없었는데——.

마음이 변했다.

메릴이 가넷을 능가하는 나쁜 사람이라고 한다면 그냥 놔둘 수 없다. 그 녀석보다도 자신이 더 낫다는 사실을 증명하지 않으면.

명실공히 이 학교에서 제일 나쁜 사람이 될 수 없다.

"메릴이란 말이지. 내가 박살을 내주마."

가넷은 조용히 투지를 불태웠다.

학교 점심시간.

가넷은 메릴의 본거지인 연구실로 향하고 있었다.

그 목적은 물론 메릴에게 도전장을 던지는 것이었다.

옆에는 동행자 두 명이 있었다.

같은 반 반장인 피오나와 또 한 명, 폴라라는 여학생이었다. 듣자 하니 이 소녀는 메릴의 친구라고 한다.

피오나가 메릴을 강제로 수업에 참여시키려고, 메릴의 친구인 폴라에게 도와 달라고 부탁한 것이었다.

"응, 메릴은 수업에 너무 안 나와서 다른 선생님들한테 찍혔으니까……."

희대의 나쁜 녀석인 메릴의 친구라고 해서 똑같이 나쁜 사람일

줄 알았는데, 폴라는 너무나 온화하고 착해 보이는 사람이었다.
게다가 가슴도 컸다.

폴라는 수업에 안 나오는 메릴을 걱정하고 있었다.

그렇게 각자 다른 목적을 가지고 있는 가넷 일행은 이윽고 메릴의 연구실에 도착했다.

문을 열고 발을 들여놓았다. 방 안에는 기재 같은 것들이 지저분하게 널려 있었다. 정리정돈이란 단어와는 거리가 먼 광경이었다.

"메릴, 여기 있어—?"

폴라는 그렇게 이름을 부르면서 안으로 들어갔다.

그러자.

소파 등받이 위로 삐죽 솟아나와 있던 머리털이 움찔하고 반응했다.

"흠냐, 흠냐⋯⋯ 응, 뭐야—?"

뒤이어 느릿느릿 몸을 일으키는 여학생.

삐죽 튀어나온 머리털이 특징적인 그 사람은 인형처럼 귀엽게 생긴 소녀였다. 몸집도 작았고. 도저히 희대의 나쁜 사람처럼 보이진 않았다.

"어라? 폴라랑 피오나잖아. 무슨 일이야?"

"무슨 일이긴? 다 알면서!"

피오나는 여기 온 목적을 알리려고 했다. 그런데 소파 위에 앉아 있는 메릴의 모습을 보자마자 당황했다.

"아니, 저기?! 왜 옷을 안 입고 있어?!"

메릴은 실오라기 하나 걸치지 않은 모습이었다.

매끈매끈한 도자기 같은 피부가 다 드러나 있었다.

"연구에 집중하다 보니 옷이 거치적거려서."

"당장 입어!"

"어, 뭐야―."

피오나가 재촉하자 어쩔 수 없이 교복을 입는 메릴. 그것을 본 가넷은 경악했다.

──나는 교복을 적당히 흐트러지게 입어서 나쁜 사람처럼 보이려고 했다. 그런데 이 녀석은 그보다 훨씬 더 엄청나잖아……!

처음부터 옷을 입지도 않는다고? 이 얼마나 나쁜 녀석인가……!

"응, 그래서 뭐 하러 온 거야?"

옷을 다 입은 메릴이 물어봤다.

"이제 슬슬 수업을 들으러 오지 그래?"

피오나가 훈계하는 말투로 말했다.

"당신이 수업에 안 나오는 바람에 반장인 내가 잔소리를 듣고 있거든? 이대로 가다간 내신에도 영향이 있을 거야."

"뭐―? 아― 귀찮은데."

메릴은 투정을 부렸다.

"지금 연구하느라 바쁘단 말이야―."

"애초에 무슨 연구를 하는 거야?"

"불로불사의 연구인데?"

"부, 불로불사……!"

그것은 인류가 아직 도달하지 못한 금단의 영역.

마법사들의 영원한 꿈이다.

"연구는 얼마나 진척됐어?" 하고 폴라가 물어봤다.

"으─음. 역시 다른 마법과는 달리 만만치가 않아. 하지만 앞으로 2년만 더 있으면 완성될 거야."

"아, 앞으로 2년이라고?!"

가넷은 느닷없이 소리를 꽥 질렀다.

마법사라면 누구나 알고 있었다.

불로불사의 연구가 결실을 본다는 것이 얼마나 헛된 꿈인지.

지금까지 수많은 고명한 마법사들이 도전했다가 결국 도달하지 못하고 좌절했던 지고의 영역. 그런데 메릴은 겨우 2년 만에 그 연구를 완성할 수 있다고 호언장담한 것이다.

──진심으로 하는 말이야? 그냥 허세 부리는 거 아니야? 만약에 이게 진짜라면, 완전히 상상을 초월하는 존재인데……?!

"불로불사가 실현된다면 우리 아빠와 가족들이랑 계속 같이 살 수 있으니까♪ 그러면 하루하루가 틀림없이 즐거울 거야!"

메릴은 황홀하게 미래를 상상하다가 문득 가넷의 존재를 깨달았다.

"아, 그런데 이 사람은 누구야?"

이제 와서 눈치챈 거냐? 가넷은 속으로 한마디 톡 쏘아붙였다. 너무 늦잖아. 이 녀석은 남한테 관심이 전혀 없나?

"이 아이는 가넷이야. 얼마 전에 우리 학교로 전학 왔거든. 그러고 보니 메릴아, 너는 지금 여기서 처음 만나는 거지?"

"아, 흐응—."

메릴은 가넷을 자세히 관찰하듯이 바라봤다.

"뭐, 뭐야, 왜?"

"그 옷차림. 멋있네—."

"으, 으응? 그러냐?"

복장을 칭찬받자 가넷은 조금 기분이 좋아졌다.

"나도 교복 입는 방식에 관해서는 일가견이 있거든—."

듣고 보니 그랬다.

엄청나게 개성적인 방식으로 교복을 입고 있었다.

좀 더 정확히 말하자면, 노출이 심했다.

"그거 풍기 문란이야. 그만둬."

"이건 내 취향이니까. 잔소리는 듣지 않겠습니다—."

메릴은 가슴 앞에서 손을 겹쳐 엑스 자를 만들면서 거부했다.

피오나는 끄으응 하고 불만스러운 표정을 지었다.

"메릴, 너 수업을 너무 많이 빠져서 다른 선생님들한테 찍혔어. 노먼 선생님도 많이 화가 나셨어"라고 폴라가 말했다.

"아— 괜찮아, 괜찮아—. 내가 더 세니까."

"그런 문제가 아니잖아?!"

"그나저나 폴라야, 길거리 공연용 의상을 새로 만들었거든! 이거 입고 또 둘이서 시내에 나가보자!"

그러더니 메릴은 어딘가에서 불쑥 의상을 꺼냈다.

"짠─♪"

"전보다 더 노출이 심해졌잖아아아앗?!"

폴라는 새 의상을 보고 비명을 질렀다.

"저번 의상도 거의 벌거벗은 거나 마찬가지였는데! 그보다 더 천의 면적을 줄이다니, 그게 가능한 거였어?!"

"자, 당장 한번 입어보자─!"

"꺄아아아아아앗!"

폴라의 옷을 갈아입히려고 다가가는 메릴.

그 모습을 본 가넷은 피오나에게 물어봤다.

"이봐, 이게 무슨 상황이야?"

"메릴 양은 길거리에서 마법을 이용한 공연을 하고 있거든. 그리고 거기에 폴라 양을 억지로 끌어들이고 있지."

"저런 의상을 입히고?"

"저런 의상을 입히고."

가넷은 거의 벌거벗은 거나 마찬가지인 공연 의상을 보면서 중얼거렸다.

"지독하군……."

청초한 폴라에게 저런 옷을 입히다니…….

단순히 치욕을 주는 정도가 아니다.

저 정도면 상당히 나쁜 놈이라고 인정하지 않을 수 없었다.

"이봐, 너. 메릴이라고 했지? 나와 싸우자."

가넷은 여기 찾아온 근본적인 목적에 다시 집중했다.

자신이 더 우월하다──더 나쁜 사람이다. 그것을 증명하기 위해 온 것이다.

"자랑은 아니지만 나도 상당히 나쁜 놈이라고 자부하고 있거든. 그러니까 우리 둘 중에 누가 가장 나쁜 놈인지, 확실히 정해보자."

"응? 뭔 소리를 하는 거야?"

메릴은 어리둥절한 표정을 지었다.

"나는 나쁜 사람이 아니야."

"뭐?"

"오히려 굉장히 착한 아이라고 생각하는데?"

"허……?"

가넷은 저도 모르게 아연실색하고 말았다.

이 자식이 무슨 말을 하는 거야……?

"아니, 잠깐만! 넌 분명히 나쁜 녀석이잖아?! 수업도 빼먹고, 옷도 안 입고, 동급생한테 치욕을 주기도 하고!"

"난 그냥 평범하게 지내고 있을 뿐인데."

전혀 납득을 못 한 것 같았다.

그렇구나. 가넷은 그때 퍼뜩 깨닫고 말았다.

나쁜 사람을 자칭하는 사람은, 진짜로 나쁜 사람이 아닌 것이다.

진짜로 나쁜 사람은 자신이 나쁘지 않다고 철석같이 믿는 사람일지도 모른다. 그러니까 그 녀석은 나보다 더 상위인──순수하게 사악한 존재!

　……인정할 수 없어.

　"아무튼 나와 너, 둘 중에 누가 더 강한가. 결판을 내자고."

　"에이— 싫은데—."

　"뭐?"

　"싸우는 것은 귀찮잖아. 그러니까 그냥 네가 이겼다고 해."

　메릴은 아무렇게나 말하더니 짝짝 손뼉을 쳤다.

　"네, 네. 축하해요— 축하해—."

　"웃기지 마! 그렇게 대충 넘어가는 게 통할 줄 알아?!"

　이보다 더 무성의할 수 있을까. 그런 메릴의 대응 때문에 가넷은 언성을 높였다.

　"아니, 그런데 하기 싫은 걸 어떡해. 난 재미있는 일이 아니면 하기 싫어—."

　"……쳇."

　가넷은 혀를 차면서 결심했다. 이런 방법은 쓰고 싶지 않았지만, 더 이상 수단을 가릴 수는 없었다.

　"잘 들어. 이것은 두 아버지의 체면과도 관계있는 문제야."

　"……아빠?"

　"그래. 이대로 가면 너희 아버지보다 우리 아버지가 더 낫다는 것이 돼. 넌 그래도 상관없냐?"

　이것은 아버지들의 대리전쟁이기도 하다.

　가넷은 그럴 마음은 없었지만.

메릴이 시합에 응하지 않고 부전패를 당한다면, 카이젤보다 리발이 더 낫다는 결론이 나올 것이다.

"아하. 그렇구나──."

메릴은 자신의 두 어깨에 아버지의 명예가 걸려 있다는 사실을 이해한 듯했다.

그리고 그 직후.

메릴의 분위기가 싹 달라졌다.

"그럼 진지하게 임해야겠네♪"

"헉⋯⋯?!"

가넷은 눈앞의 광경에 압도되었다.

온몸에서 마력이 흘러넘치고 있는 메릴의 모습.

그것은 좀 전까지의 메릴과는 완전히 다른 사람처럼 보였다.

"메릴, 굉장해⋯⋯!"

"서 있지도 못할 정도로 엄청난 마력량이야⋯⋯."

폴라와 피오나도 압도당한 것 같았다.

그런데 그 이상으로──.

가넷은 전율하고 있었다.

가넷은 누가 뭐래도 확실한 일류 마법사였다. 폴라나 피오나보다 더 강한 마법사. 그렇기 때문에 메릴의 실력을 다른 누구보다도 잘 이해할 수 있었다.

⋯⋯뭐지? 단단히 뭉쳐진 이 마력은. 바닥이 보이지 않는 마력량은.

가넷과 메릴은 둘 다 말로는 일류 마법사라고 평가받을 것이다. 하지만 같은 말이라도 그 안에는 압도적인 차이가 존재했다.

……말도 안 돼.

이렇게 터무니없는 마법사가 존재한단 말이야?

"우리 아빠는 최고로 멋있고 최강이니까♪ 그것을 증명할 수 있다면, 나는 뭐든지 해버릴 거야♪"

메릴은 윙크했다. 그리고 가넷을 손가락으로 가리키면서 말했다.

"자, 싸워볼까?"

"…………아니."

가넷은 벌레 씹은 것처럼 불쾌한 표정으로 힘겹게 쥐어짜듯이 말했다. 고개를 숙이고 허벅지 옆의 두 손으로 주먹을 꽉 쥐었다.

"……너랑 직접 대치해보고 지금 확실히 알았어. 수준 차이가 너무 많이 나. 도저히 너를 이기지는 못할 것 같아. ……졌다."

"뭐—? 아니, 모처럼 의욕이 생겼는데—. 시시하네—."

메릴은 불만스러운지 뺨을 통통하게 부풀렸다.

싸우기 전부터 승패는 정해졌다.

메릴의 힘을 직접 본 지금은 잘 알고 있었다. 싸워봤자 메릴이 아주 쉽게 자신을 때려눕히는 결과만 나오리란 것을.

──인정하지 않을 수 없다. 이 녀석은 나를 능가하는 진짜 나쁜 놈이다.

가넷의 마음은 완전히 꺾였다.

하지만 그와 동시에 그 마음은 감동에 사로잡혀 있었다.

……이 사람을 따라가면, 나도 좀 더 높은 경지에 다다를지도 모른다. 진짜 나쁜 놈이 될 수 있을지도 모른다. 그 정도로 이 사람은 그릇이 컸다.

이렇게 우월한 존재는 처음 봤다. 그런 상대에게 존경심을 품었다.

"메릴——아니, 누님! 부탁이 있어!"

가넷은 그 자리에서 무릎을 꿇고 고개를 깊이 숙였다.

"나를 동생으로 삼아줘!!"

"응?"

갑작스러운 그 부탁에 메릴은 어안이 벙벙해졌다.

오늘은 또 마법 학교에서 강의하는 날이었다.

나는 강의를 하려고 교무실에서 나와 교실로 향했다.

가는 도중에 우연히 메릴이 있는 교실 앞을 지나가게 되었다. 나는 은근슬쩍 상황을 살펴보기로 했다.

"오."

오랜만에 메릴이 거기 있었다.

연구가 일단락된 걸까.

메릴의 자리 주위에는 학생들이 모여 있었다. 폴라와 피오나. 그 화기애애한 자리에 홀로 이채로운 분위기를 띤 학생이 있었다.

"누님! 안녕하십니까!"

가넷이었다.

가넷은 메릴을 향해 꾸벅 인사하고 있었다.

다른 학생들은 그것을 보고 어리둥절해졌다.

"누, 누님……?"

나도 그 광경을 눈앞에 두고 곤혹스러움을 느꼈다.

도대체 무슨 일이 일어난 걸까?

"아무래도 가넷이 말이지, 메릴 군의 나쁜 사람다운 면모에 감동한 것 같아. 그래서 제발 동생이 되게 해 달라고 부탁했나 봐."

어느새 리발이 내 옆에 와 있었다.

"나쁜 사람이라고……?"

"가넷의 말로는, 메릴 군은 자신이 착한 아이라고 믿어 의심치 않는대. 그 자세에서 정말로 나쁜 사람다운 면모를 발견했나 봐."

"…………."

"누님, 목마르지 않으세요?! 제가 가서 음료수를 사 올게요!"

"아냐─. 됐어."

"다음 수업은 다른 교실에서 하네요! 제가 누님의 짐을 가져갈 게요!"

"괜찮아. 난 기본적으로 교과서는 안 가지고 다니니까. 그리고 다음 수업은 귀찮으니까 빼먹고 연구실에나 갈 거야."

"그거 좋네요! 저도 꼭 같이 가고 싶은데요!"

"뭐─? 그건 싫은데."

"그러지 마시고, 제발!"

"으윽―. 뭐야, 왜 이렇게 나한테 착 달라붙는 거야……?"

잘 길들여진 강아지처럼 적극적으로 달려드는 가넷 앞에서 메릴은 진심으로 질색하는 표정을 짓고 있었다.

메릴의 이런 반응을 보는 것은 왠지 신선하군.

――뭐, 어쨌든 서로 대립하는 것보다는 낫나.

나는 흐뭇하게 그 모습을 지켜보기로 했다.

제5화

리발과 그의 세 딸이 찾아오고 나서 어느 정도 시간이 흘렀다.

그들과 함께 지내는 나날은 우리의 일상에 녹아들고 있었다.

이러니저러니 해도 다들 나름대로 잘 지내고 있는 것 같았다.

마법 학교에서 강의를 마치고 집으로 돌아가려고 하는데, 똑같이 강의를 마친 리발이 나에게 말을 걸었다.

"어때? 퇴근길에 한잔할래?"

"좋아."

가끔은 술 마시고 집에 가는 것도 괜찮을지도 모른다.

우리는 둘이 함께 시내에 있는 술집에 가기로 했다.

대립 관계라고는 해도, 딱히 서로 싫어하는 것은 아니었다.

달빛이 비치는 밤길을 걷다가 기사단의 연병장 앞을 지나가게 되었다. 그 안에서 목검끼리 부딪치는 소리가 들려왔다.

"저건……"

연병장에서 대련하고 있는 사람은 엘자와 스노우였다.

이미 퇴근 시간은 지났다.

그러니까 두 사람은 일부러 남아서 훈련을 하는 것이었다.

"……이렇게 늦은 시간까지 붙잡아놔서 미안해."

"아뇨, 저도 많은 것을 배우고 있으니까요."

"엘자와 싸우는 거, 즐거워."

"후후. 저도 그래요."

엘자와 스노우는 서로 마주 보고 웃었다. 그것은 실력이 비슷한 사람들, 같은 경지에 다다른 사람들의 공명이었다.

다시 연병장에는 목검이 부딪치는 소리가 울려 퍼졌다.

"스노우는 나나 자매들을 제외한 다른 사람들 앞에서는 낯가림이 발동됐었는데, 자네 딸 앞에서는 그러지 않는 모양이야."

리발은 두 사람이 대련하는 모습을 바라보면서 중얼거렸다.

"상당히 잘 따르는 것 같아. 집에서도 자주 자네 딸의 이야기를 하고. 지금까지는 그런 적이 없었으니까 깜짝 놀랐어."

"……그랬구나."

"사실 처음 계획과는 동떨어진 결과지만. 원래 스노우가 엘자 군을 때려눕힐 예정이었는데."

'하지만' 하고 그는 말을 이었다.

"자네 딸과 함께 절차탁마함으로써 스노우의 검술은 한층 더 발전하고 있어. 기사단장 자리를 빼앗을 날도 그리 멀지 않을 거야."

"그만큼 엘자도 계속 진화하고 있어. 그러니까 쉽진 않을걸?"

우리는 한동안 두 사람의 대련을 멀리서 견학한 뒤 또다시 걷기 시작했다.

길거리에 위치한 일반 술집에 들어갔다.

술집 안은 오늘도 시끌벅적했다.

우리는 빈자리에 앉아 주위를 둘러봤다.

상인, 모험가, 탄광의 인부 등등, 왕도에 사는 남녀노소들이 오늘 하루 노동의 피로를 풀려는 것처럼 술잔을 주고받고 있었다.

　그중에서 낯익은 얼굴을 발견했다.

　안나와 도로테아와 모니카——모험가 길드 직원들이었다. 그들은 셋이 모여서 술을 마시고 있는 듯했다.

　"나는 지금의 모험가 길드에는 개혁이 필요하다고 생각해. 근본적인 구조를 바꿔서 조직의 고름을 짜내야지만——."

　"네, 그런 생각 자체는 훌륭한데요. 좀 단순하지 않나요? 개혁을 급속도로 진행하게 하면 주위에 적이 많이 생겨날 텐데요?"

　"하지만 과감하게 정리해버리지 않으면 시간이 너무 오래 걸리잖아?"

　안나는 태연하게 이야기를 계속했다.

　"개혁해서 모험가들이 좀 더 활동하기 쉬워진다면, 내가 남한테 미움받는 것쯤은 별것도 아니라고 생각하는데."

　'게다가' 하고 말을 이었다.

　"모험가 길드에 들어왔을 때부터 본디 내 주위에는 적들밖에 없었어. 나는 그 녀석들을 해치우고 지금의 이 자리까지 올라온 거야."

　"어휴, 당신은 언제나 호전적이네요."

　도로테아는 그렇게 말하더니 생긋 미소를 지었다.

　"그런데 안나 씨. 당신이 착각하고 있다는 거, 알아요?"

　"착각?"

　"모험가 길드에 들어갔을 때는 주위에 적들밖에 없었을지도 모르죠. 하지만 지금은 매우 든든한 아군이 있잖아요 ♪"

"어디에?"

"여기에 ♪"

도로테아는 양손 집게손가락으로 자기 뺨을 콕 찌르면서 방긋 웃었다.

"제가 미리 잘 준비해서 안나 씨의 적이 생기지 않게 해드릴게요. 그러니까 마음껏 과감하게 개혁해보세요 ♪"

"도로테아. 자칫하면 당신까지도 적을 얻게 될지도 몰라. 노력에 비하면 이득이 너무 적다는 생각이 드는데."

"모험가 여러분을 도와드리고 싶다는 마음은 저도 마찬가지니까요."

그러더니 도로테아는 말을 이었다.

"그리고 혹시 안나 씨가 한심한 짓을 한다면, 그때는 제가 빈틈을 노려서 당신을 해치워야 하니까요. 늘 당신 곁에 있어야죠."

"아하, 그렇구나."

안나는 피식 웃었다.

"좋아, 정해졌네. 그럼 내일부터는 바빠지겠다."

"네 ♪"

"모니카, 당신도 같이 열심히 해보자."

"아, 저기—."

흥분한 두 사람에게 찬물을 끼얹는 것처럼 모니카가 손을 들고 발언했다.

"저는 그냥 현상 유지에 만족한다고나 할까요. 굳이 무리해서 길드 개혁을 할 필요는 없지 않을까— 하고 생각하는데요."

"왜?"

"어, 그게…… 솔직히 말하자면, 일이 바빠지는 게 싫어서요. 헤헤."

""………….""

안나와 도로테아는 얼굴을 마주 보더니 싱긋 웃었다. 그리고 두 사람은 모니카의 어깨에 손을 올렸다.

"그건 안 돼♪"

"힘냅시다, 선배님♪"

"내 말은 들어주지도 않네에에에에에에?! 이렇게 될 거면, 차라리 둘이서 계속 싸우는 게 더 나았을 텐데에에에에!"

비명을 지르면서 머리를 싸쥐는 모니카.

안나와 도로테아가 서로 손잡고 의욕을 불태우게 되었으므로, 모니카의 나태한 농땡이 생활은 결국 마침표를 찍게 된 모양이다.

"상당히 신난 것 같군."

나는 그 광경을 바라보면서 말했다.

"…………."

"리발, 왜 그래?"

"아니, 도로테아의 저런 모습은 보기 드물다고 생각해서."

리발은 진심 어린 말투로 중얼거렸다.

"도로테아는 우수하고 유난히 눈치가 빠른 아이거든. 늘 주위의 안색을 살피느라 바빠서, 지금까지는 진심으로 부딪칠 수 있는 상대가 없었어."

모험가 길드의 향후 방침에 관해 안나와 기탄없이 논의하고 있는 도로테아. 리발은 그 모습을 바라보면서 이야기를 계속했다.

"자네의 딸을 만난 다음부터 도로테아는 날마다 생기가 넘치는 것 같아. 자신의 솔직한 모습을 보여줄 수 있는 상대를 찾아낸 거겠지."

"안나한테도 도로테아의 존재는 좋은 자극이 되고 있어. 우수한 후배가 생기니까 의욕이 샘솟는 것 같아."

안나가 직접 그런 말을 하지는 않았다.

하지만 상태를 보면 알 수 있었다.

도로테아가 가입해준 덕분에 모험가 길드는 더 나은 조직이 될 것 같았다. 그만큼 모니카는 손해를 보게 될 테지만.

우리는 맥주잔에 든 에일맥주를 마셨다. 톡톡 튀는 쓴맛이 목구멍을 타고 쭉 내려갔다.

그렇게 시간이 흘러 기분 좋게 취했을 무렵.

술집 주인이 가게 안쪽에서 나오더니 주위를 향해 말했다.

"여러분! 오늘은 우리 가게의 무대에서 공연을 합니다! 게스트는 현재 왕도에서 인기가 폭발하고 있는 길거리 공연 예술가——!"

""——?!""

나와 리발은 입에 머금고 있던 맥주를 뿜어낼 뻔했다.

"메릴&폴라 with 가넷입니다!"

가게 안쪽.

그곳에 설치된 무대 위에 서 있는 사람은 메릴과 폴라였다. 노출이 심한 공연용 의상을 입고 있었다.

그리고 그 옆에는 같은 의상을 입은 가넷이 있었다.

언뜻 보기에는 당당한 척하고 있었지만, 아무래도 노출이 심한 옷에 대한 저항감이 있는지 살짝 뺨을 붉히고 있었다.

"네, 네— 안녕하세요—."

객석의 박수 소리에 웃는 얼굴로 답하는 메릴은 태연해 보였다. 그러나 폴라와 가넷은 부끄러움을 완전히 떨쳐내진 못한 것 같았다.

"설마 여기에 출연할 예정이었을 줄이야……."

"가, 가넷……?!"

리발은 놀라서 말문이 막혀버렸다.

그것도 이해가 갔다.

한창 반항기라서 외로운 늑대처럼 행동하던 가넷이, 저렇게 기이한 의상을 입고 공연 무대에 서 있으니 말이다.

무슨 일이 있었던 거지?! 하고 생각하는 것도 당연했다.

"자, 그럼 우리의 곡예부터 보여드릴게요!"

메릴과 폴라가 둘이서 곡예를 하기 시작했다. 저글링도 하고 물을 조종하기도 하고. 그렇게 쇼를 하고 나서 메릴이 말했다.

"네, 다음은 신인, 가넷의 차례입니다—."

"누님, 한 수 배우겠습니다!"

가넷은 기운차게 이얍! 하고 인사하는 자세를 취하더니, 허리에 찬 목도를 뽑았다. 긴장한 표정이었다.

"간다―. 자, 받아."

메릴이 좀 멀리 떨어진 곳에서 언더스로로 사과를 던졌다.

어색한 발걸음으로 그 낙하지점으로 이동하는 가넷.

"얍!"

높이 포물선을 그리면서 날아온 사과가 목검의 칼끝에 멋지게 푹 꽂혔다. 가넷은 차례차례 날아오는 과일들을 모조리 칼로 꿰뚫었다.

"잘한다―!"

객석에서는 환호성과 휘파람 소리가 울려 퍼졌다.

"목표로 하는 존재가 생겼다는 이야기는 들었지만, 그게 설마 자네 딸이었을 줄이야……. 게다가 이상한 공연에 넘어간 것 같은데……."

리발은 이마를 짚고 있었다.

"……어, 저기. 미안."

나는 무심코 그런 말을 했다.

메릴의 소동에 괜히 끌어들이고 말았구나.

"아니, 자네가 사과할 필요는 없어. 가넷이 스스로 결정한 거다. 그리고 쭉 외로운 늑대처럼 살았던 그 아이에게 목표가 생겼으니까. 기뻐해야 할 일이지."

"그, 그런가?"

"가넷뿐만 아니라 우리는 모두 특정한 공동체에 소속된 적이 없었어. 그동안 세계 각지를 전전했거든. 그러니까 왕도에 와서 자네 딸들이나 주민들과 관계를 맺게 된 것은 우리 딸들한테도 좋은 일일 거야."

리발은 메릴과 함께 공연하는 가넷과, 안나와 신나게 의논하고 있는 도로테아의 모습을 바라보면서 그렇게 중얼거렸다.

나는 그 모습을 보고 무의식중에 말을 꺼냈다.

"리발. 너 왠지 달라진 것 같아."

"그래 보여?"

"옛날보다 매우 부드러워졌어."

"그건 그렇지."

리발은 쓴웃음을 지었다.

"젊은 시절의 나는 높은 곳을 목표로 하는 것밖에 관심이 없었어. 자기 자신한테만 관심이 있었지. 자네에게 집착했던 것도 전적으로 자기 자신을 만족시키기 위해서였어."

나도 마찬가지였다.

젊은 시절에는 S랭크 모험가가 되는 것만 생각했었다. 지금보다 좀 더 위에, 높은 경지에 다다르는 것만 목표로 삼았었다.

"처음에는 자네 딸들에게 대항하기 위해 자식을 키우기 시작했어. 그것은 완전히 나 자신을 위해서였지. 하지만 시간이 지나면서 달라졌어."

맥주잔에 든 맥주를 입에 대더니.

리발은 피식 웃음을 흘렸다.

"어제까지는 할 수 없었던 일을 오늘은 할 수 있게 된다──그런 성장을 지켜보는 것이 의외로 즐겁더라고. 그래서 이것저것 해주고 싶어졌어.

나 자신을 위해서만 사용했던 시간을, 점점 딸들을 위해 사용하게 되었다. 자신을 위해 살아가는 시간이 줄어들고, 딸들을 위해 살아가는 시간이 늘었다.

자네 딸들한테 이기기 위해 우수한 자식을 키운다──처음에 내가 내세웠던 목적은 어느새 부차적인 문제가 되었어. 그저 우리 딸들이 건강하게 자라준다면 그것으로 족하다. 그런 생각을 하게 되었어."

"…………."

"아마도 딸들을 돌보는 사이에 정이 들어버린 거겠지. 과거의 나였다면 생각도 못 했을 일이야."

맥주잔을 싹 비운 리발은 자조하듯이 말했다.

"높은 곳만 목표로 했던 젊은 시절에 비해, 지금의 나는 약해졌어."

"오히려 그 반대일걸."

나는 그 주장에 대해 반론했다.

"자신을 위해서만 살아가던 시절보다, 지켜야 할 대상이 생긴 지금의 네가 예전보다도 훨씬 더 강하다고 생각해."

"경험에서 나온 말인가?"

"응."

"우리 둘 다 나이를 먹었구나."

리발은 손을 들어 종업원을 불렀다. 그리고 맥주를 추가로 주문했다. 잠시 후 여종업원이 맥주잔을 가져왔다.

리발이 고맙다고 하자 상대는 기뻐서 꺅 소리를 냈다.

주위의 여자 손님들도 뜨거운 시선으로 리발을 쳐다보고 있었다.

리발은 원래 얼굴도 잘생겨서 옛날부터 이성한테 인기가 많았다. 하지만 그는 모든 유혹을 거절했다.

나는 할 일이 있다. 연애인지 뭔지를 할 여유는 없다. 그렇게 말하면서.

그런데 지금은 가정을 꾸렸다. 딸들이 있다는 것은, 옛날에는 그들의 어머니가──리발의 아내가 있었다는 뜻이다.

"남자 혼자서 자식을 키우는 거. 힘들었지?"

"자네가 해냈는데 내가 못 할 리가 없잖아."

"나 같은 경우에는 고향 사람들이 도와줬으니까."

"나도 마찬가지야. 주변 사람들이 도와줬어. 그들의 도움이 없었다면 세 딸을 키우지는 못했을 거야."

리발도 나와 같은 경우였다. 혼자 자식을 키우는 것은 힘든 일이다. 그래서 주변 사람들의 도움을 받은 것이다.

아마 술에 취했기 때문일지도 모른다.

나는 예전부터 궁금했던 것을 물어봤다.

"저기…… 그런데 애들 어머니는, 어떻게 된 거야?"

"말했잖아? 나는 아버지인 동시에 어머니라고. 그 아이들한테 부모란 것은 오직 나 하나만을 가리키는 말이야."

농담조이긴 해도 그 말에는 강한 의지가 깃들어 있었다.

"애초에——."

리발이 뒷말을 이으려고 했을 때.

술집 문이 벌컥 열렸다.

엘자와 스노우가 초조한 기색으로 뛰어 들어왔다. 두 사람은 가게 안을 둘러보더니 우리를 발견하자마자 소리를 질렀다.

"아버님!"

"아빠님!"

그 표정을 본 순간, 뭔가 심상찮은 것을 느꼈다.

리발도 마찬가지였을 것이다. 우리는 딸들에게 물어봤다.

"왜 그래?"

"무슨 일 있었니?"

"왕도의 정문 앞에서 마족의 모습이 발견됐습니다!"

"——?!"

평온한 밤의 분위기를 깨뜨리는 갑작스러운 보고였다. 놀라서 숨을 삼켰다.

술집에 있던 손님들도 동요했다.

소동을 눈치챈 안나와 도로테아, 메릴과 가넷도 이쪽으로 뛰어 왔다.

"자세한 상황을 가르쳐줘."

"스노우랑 엘자가 대련하고 있었는데, 야간 순찰을 하던 기사한테서 연락이 왔어. 왕도의 정문 앞에서 마족의 모습을 봤다고."

"적의 규모는?"

"그, 그게……."

엘자는 당혹스러운 것처럼 말했다.

"적은 한 명입니다."

"한 명?"

"네. 다른 마족이나 마물은 확인되지 않았습니다."

묘하군.

왕도를 습격할 생각이었다면 떼지어 몰려왔을 텐데.

적어도 혼자 온다는 것은 말도 안 된다. 무슨 꿍꿍이가 있는 걸까……?

내 의문을 눈치챈 것이리라.

엘자는 이에 대답해주듯이 말했다.

"현재 그 마족은, 적의는 없는 것 같습니다. 그 대신 어떤 요구를 했습니다. 리발과 그의 딸들을 데리고 오라는 것입니다."

"리발과 그의 딸들을……?"

어째서 마족은 리발과 그의 딸들을 알고 있는 걸까?

그리고 무슨 의도로 그들을 불러내려고 하는 걸까?

"리발. 뭔가 짚이는 것은 없나?"

"미안하지만 나는 마족 중에 지인은 없어. 더구나 왕도까지 쫓아올 정도로 깊은 관계를 맺은 상대는 더더욱 없고."

반응을 보니까 정말로 짚이는 것이 없는 듯했다.

"아버님, 어떻게 할까요?"

"스노우는 아빠님의 결정에 따를 거야."

"굳이 상대가 원하는 대로 해줄 필요는 없지 않아?"

"저도 그렇게 생각합니다. 순순히 그 말을 들어주는 것은 자존심 상하기도 하고요. 만나고 싶으면 그쪽이 알아서 찾아오는 것이 예의가 아닐까요?"

"아니, 그것도 좀 곤란한데."

"난 그냥 후다닥 해치워버리고 공연이나 계속하고 싶어ㅡ. 나참, 모처럼 분위기 좋았는데ㅡ."

"누님이 이렇게 말씀하시잖아. 자, 어서 쳐들어가자."

"리발. 네 생각은 어때?"

내가 의견을 구하자, 리발은 잠깐 망설이다가 입을 열었다.

"상대가 직접 우리를 지명했으니까. 응하지 않을 수는 없지. 적이 무엇을 준비하고 있든 상관없어."

그러더니 말을 이었다.

"그리고 직접 만나서 물어볼 필요가 있어. 어떻게 우리를 알고 있는지. 도대체 무슨 일을 꾸미고 있는지."

"……그렇군."

어쨌거나 그놈을 그냥 내버려 둘 수는 없다.

우리는 마족을 찾아가기로 했다.

왕도를 에워싼 석벽의 바깥쪽.

정문 앞에 펼쳐져 있는 평원은 밤의 어둠으로 뒤덮여 있었다.

그곳에 홀로 우뚝 서 있는 사람 그림자.

머리에는 뿔이 두 개 나 있었고, 등에는 거대한 칠흑의 날개가 달려 있었다. 그리고 인간보다 훨씬 더 큰 키. 날씬하지만 근육이 응축된 육체. 이마에는 마력이 깃든 각인이 새겨져 있었다.

그 남자 마족은 지성적인 외모의 소유자였다. 그는 우리를 보더니, 끼고 있는 안경의 코걸이 부분을 손가락으로 쓱 밀어 올렸다.

"기다리고 있었습니다."

남자 마족은 침착한 목소리로 그렇게 말했다.

"저는 메트론이라고 합니다. 밤늦은 시각인데도 이렇게 소집에 응해주셔서 진심으로 감사를 드립니다."

우리는 그 남자 마족——메트론과 대치했다.

나와 리발, 그리고 각자의 딸들. 이쪽 멤버는 이러했다.

기사들을 데려올까 하는 생각도 해봤지만, 적이 어떤 수단을 쓸지 모르는 이상 소수 정예로 가야겠다고 생각한 것이다.

"저기, 있잖아. 그거 안경이야?"

메릴은 메트론이 쓰고 있는 안경을 보고 그렇게 물어봤다.

"마족도 안경을 쓰는구나?"

"메릴. 그게 지금 여기서 해야 할 질문이야?"

안나는 어처구니없는 것 같았다.

"아니, 궁금하잖아."

호기심을 참을 수 없었던 모양이다.

"저는 선천적으로 다른 마족들에 비하면 시력이 좋지 않습니다. 그래서 시력 교정을 위해 안경을 쓰고 있습니다."

메트론은 온화한 말투로 그렇게 대답했다.

"참고로 이 안경은 인간이 만든 작품입니다. 시력이 좋은 다른 마족에게는 안경은 불필요한 물건이니까요."

마족은 탁월한 신체 능력을 갖추고 있다. 시력도 인간보다 월등히 좋아서, 멀리 있는 표적도 눈으로 볼 수 있다고 한다.

아마도 메트론이 특이한 존재일 것이다.

"저기, 당신은 마족이잖아? 인간이 만든 물건을 몸에 지니다니, 그에 대한 저항감은 없어?"

안나가 의심하는 투로 물어봤다.

"훌륭한 것은 훌륭한 겁니다. 제작자가 누구이든지 간에, 거기에 귀천은 없어요. 당신은 상당히 보수적인 사고방식을 가지고 계신 것 같군요."

"뭐?"

안나는 불쾌한 것처럼 얼굴을 찡그렸다.

"당신은 무슨 이유로 이 왕도에 온 겁니까?"

엘자는 허리에 찬 검의 칼자루로 손을 가져가면서 질문했다.

"그리운 사람을 만나러 왔죠."

"마치 리발 가족을 아는 것처럼 말하던데."

메트론은 조용히 고개를 끄덕거렸다.

"저와 그들은 오래 알고 지낸 사이거든요."

"……미안하지만 나는 자네를 모르는데."

위엄 있는 말투로 단언하는 리발. 그의 눈빛은 날카로웠다. 그 검기만으로도 떨어지는 나뭇잎이 조각날 정도였다.

"당신과는 직접 대면한 적이 없으니까요. 그럴 수도 있죠. 하지만 계속 멀리서 지켜봤습니다."

"……지켜봤다고?"

메트론은 그 질문에는 대답하지 않고 리발에게서 시선을 뗐다. 그리고 천천히 시선을 움직여 다른 인물을 바라봤다.

"많이 자랐네요."

그 눈은 리발의 딸들을 보고 있었다.

조금 전까지의 차가운 눈빛과는 전혀 다른 자애로운 눈빛이었다. 마치 가족을 보는 것 같았다.

"……스노우는, 너 몰라."

"맞아요. 뜬금없이 이상한 소리는 하지 말아주세요."

"야, 지금 장난하는 거냐?"

리발의 딸들은 노골적으로 적의를 드러냈다.

"가시가 돋쳤군요."

메트론은 안경 코걸이 부분을 손가락으로 누르더니 킥킥 웃었다.

"도저히 친아버지한테 하는 말이라고 생각할 수 없네요."

"뭐?"

가넷이 허를 찔린 듯한 소리를 냈다.

"아니, 야. 지금 뭐라고 했어?"

메트론은 그 말을 듣고 즐거워하는 것처럼 입꼬리를 일그러뜨렸다. 그리고 엄청난 비밀을 고백하듯이 말했다.

"저는 당신들의 친아버지입니다. 그렇게 말했어요."

"""——?!"""

리발의 딸들은 일제히 충격을 받아 온몸이 경직됐다.

"……무슨 말을 하는 건지, 이해할 수 없어."

"거, 거짓말하지 마세요!"

"우리가 네놈의 딸이라고? 그럴 리 없잖아!"

리발의 딸들이 그렇게 반론하자, 메트론의 입가에 걸린 미소가 한층 더 짙어졌다. 그는 여전히 태연한 모습으로 입을 열었다.

"믿을 수 없나요? 그럼 증거를 보여드리죠."

그렇게 말하더니.

천천히 리발의 딸들을 향해 오른손을 들어 올렸다.

"온다!"

몸을 긴장시키면서 싸울 준비를 하는 리발의 딸들.

그런데——.

"뭐지……?! 몸이 뜨거워……!"

맨 처음 소리를 지른 사람은 가넷이었다. 복부를 누르고 일그러진 표정으로 그 자리에 털썩 무릎을 꿇고 주저앉았다.

스노우와 도로테아도 마찬가지로 배를 붙잡고 있었다.

"이 자식, 내 딸들한테 무슨 짓을 한 거야……?!"

"그렇게 무서운 표정을 짓지 마세요. 저는 저들에게 위해를 가하진 않았습니다. 본디 있어야 할 것을 불러냈을 뿐이지요."

리발은 반사적으로 허겁지겁 딸들에게 달려갔다.

"……아빠님."

"어디가 아프니? 보여줘."

고개를 끄덕인 스노우가 느릿느릿 옷을 걷어 올렸다.

배꼽을 중심으로 한 복부.

그곳에는 불길한 각인이 생겨나 있었다.

"이건……."

리발은 그 각인을 보고 눈을 부릅떴다.

그렇다.

이것은, 저 녀석의 이마에 새겨진 것과 같은——.

"이 각인은 제가 저 아이들에게 새긴 것입니다. 태어난 직후에. 그것이 진짜란 것은 아시겠지요?"

"……그래. 확실히 최근에 새긴 것은 아닌 것 같네."

스노우의 복부의 각인을 만져본 리발은 그렇게 중얼거렸다.

"이해하신 것 같군요."

메트론은 만족스러운 미소를 짓더니 다시 리발의 딸들을 봤다.

"당신들은 그의 친딸이 아닙니다. 저와 인간 여성 사이에서 태어난, 마족과 인간의 혼혈아입니다."

나는 리발을 힐끗 봤다.

"……친자식이 아니었구나."

"──그래. 자네와 마찬가지야. 버려진 아이들을 주웠다. 그러니까 이 아이들한테는 처음부터 어머니는 없었던 거야."

리발은 쓸쓸한 표정을 지었다.

"그런데 설마 이런 사태가 일어날 줄이야."

""………….""

리발의 딸들은 돌연 눈앞에 들이닥친 진실에 경악하여 말문이 막혀버렸다.

그러는 것도 당연했다.

리발의 피를 이어받지 못했다는 것 자체도 충격일 텐데. 더 나아가 마족의 피를 이어받았다는 사실이 드러났으니까.

순혈 마족은 머리에 뿔이 나고 등에 날개가 달려서 한눈에 알아볼 수 있다.

그러나 혼혈아는 그런 특징을 갖지 않는 경우도 많다.

서큐버스와 인간 사이에서 태어난 릴리스도 그랬던 것처럼. 언뜻 보면 평범한 인간과 전혀 다르지 않은 자도 있다.

"저는 마족 중에서는 뭔가 특별한 능력을 가지진 못했습니다. '힘이야말로 모든 것'인 마족 사회에서 그것은 치명적인 결함입니다. 그래서 저는 생각했습니다. 어떻게 하면 강해질 수 있을까. 지금부터 아무리 수련을 해봤자 상급 마족들을 뛰어넘는 것은 불가능. 자기 능력의 한계는 이미 눈에 보였습니다. 그렇다면 차세대에 맡기면 된다. 나 자신이 아니라 내 자식들을 강하게 키워서, 그들을 사역함으로써 힘을 얻자. 그렇게 생각했습니다. 그런데 저는 자식을 강하게 키울 만한 능력은 없었습니다. 솔개가 자식을 키워봤자 결국 솔개밖에 키우지 못해요. 그래서 저보다 더 능력 있는 자에게 자식을 키우게 하면 된다고 생각했습니다. 마족은 기본적으로 개인주의입니다. 차세대를 키우는 행위는 하지 않아요. 더구나 지위가 낮은 저 같은 자의 자식을 받아줄 리 없겠죠. 그렇다면 인간에게 키우게 하면 됩니다. 저보다 우수하고 능력 있는 인간에게. 그러면 강한 아이로 성장할 수 있을 테죠. 그래서 선택을 받은 사람이——당신입니다. 리발 씨."

메트론은 리발을 응시하고 있었다.

"당신에 대해서는 알고 있었습니다. 마법 학교 개교 이래 최고의 천재 마법사. 그 이름은 마족들 사이에서도 유명했거든요. 그리고 당신이 카이젤이라는 모험가에게 집착하는데, 그가 자식을 키우기 위해 왕도를 떠난 후 당신은 인생의 목표를 잃어버렸다는 것도 알았지요. 저는 그 이야기를 듣고 이용할 수 있겠다고 생각했습니다. 그래서 재능 있는 인간 여성과 함께 자식을 낳고, 그 자식을 당신이 주워서 키우도록 했습니다. 계획은 참으로 멋지게 성공했어요. 당신은 자신의 재능과 시간을 아낌없이 쏟아부었습니다. 검술, 마법, 자신이 가진 기술을 전부 다 딸들에게 계승시켰습니다. 그 결과 그들은 뛰어난 능력을 가진 아이들로 자라났습니다. 부모인 저보다도 훨씬 더 강하고 우수한 존재로."

지금까지 있었던 일은 전부 다 누군가가 계획한 것이었다.

리발이 버려진 여자아이들을 주운 것도, 그들을 소중하게 기른 것도. 자신이 가진 기술을 모조리 계승시킨 것도.

리발은 오랫동안 적의 딸을 키워온 것이다.

메트론은 딸들이 사랑스럽다는 듯이 살펴보더니 미소를 지었다.

"여러분, 참 훌륭하게 성장했군요. 강하고 재능이 넘쳐요. 이것도 전부 다 리발 씨 덕분이지요. 아무리 감사드려도 모자랄 지경입니다."

그렇게 말하더니.

"자, 이제 저와 함께 갑시다. 진짜 아버지와 함께."

딸들을 향해 손을 내밀었다.

그리고 그 직후.

그가 내민 오른팔은 허공을 날고 있었다.

"…………."

메트론은 뒤를 돌아봤다. 오른쪽 뒤의 지면에 떨어진 자신의 오른팔을 힐끗 봤다. 그리고 천천히 다시 정면을 돌아봤다.

의아해하는 그 시선의 끝에는──스노우가 있었다.

"……너 같은 놈은, 아버지가 아니야."

양손으로 검을 쥔 스노우는 조용히, 그러나 힘이 실린 목소리로 단언했다.

"스노우의 아버지는 아빠님 하나뿐이야."

"어린 시절에 대디가 말씀하셨어요. 모르는 사람은 따라가면 안 된다고. 그러니까 당신을 따라갈 수는 없어요♪"

"잔소리 많은 영감탱이는 한 명만 있어도 충분해."

도로테아와 가넷도 거절의 의사를 표시했다.

당연하다면 당연한 일이었다.

실은 메트론의 딸이었다는 사실이 판명됐어도. 그동안 쌓아온 추억과 마음이 있으니까.

그것을 쉽게 받아들일 리 없는 것이다.

설령 피가 이어지지 않았어도.

스노우도, 도로테아도, 가넷도. 그들 모두가 리발과 같이 지냈던 시간과 그동안 키워졌던 추억은, 거짓 없는 진실이니까.

"……나 참. 이게 바로 반항기라는 건가요."

메트론은 어깨를 으쓱하더니 쓴웃음을 지었다.

오른팔이 날아갔는데도 그 표정은 아직 여유로워 보였다.

"유감이구나. 네 계획은 실패한 거야."

나는 검을 뽑아 메트론에게 겨눴다. 엘자와 메릴도 좌우로 흩어져서 언제든지 움직일 수 있도록 임전태세를 취했다.

"네. 그런 것 같네요."

메트론은 안경 코걸이 부분을 왼손 손가락으로 밀어 올리더니 미소를 지었다. 렌즈 너머의 눈동자가 사납게 빛났다.

"그런데 저는 말을 안 듣는 아이는 때려서라도 복종시키는 타입이거든요. 자식은 부모의 뜻에 충실히 따라야 합니다."

딱! 하고.

메트론이 손가락을 튕긴 순간.

스노우, 도로테아, 가넷의 복부에 있는 각인이 빛나기 시작했다. 마치 거미가 거미줄을 치는 것처럼 그것이 전신으로 퍼져 나갔다.

메트론이 지휘봉처럼 손을 휘두르자——.

세 사람은 갑자기 그 자리에서 움직였다.

스노우는 검술을 사용했고, 도로테아와 가넷은 마법을 발사했다. 그리고 그 일제 공격은 우리 딸들을 조준하고 있었다.

"——윽!"

나와 리발은 그 공격이 명중하기 직전에 사선(射線)에 뛰어들어 막아냈다.

스노우의 검을 막았을 때 나는 위화감을 느꼈다.

……전보다 훨씬 더 날카로웠다. 각인의 힘으로 강화된 건가?

"얘들아, 다들 그만해! 왜 이 아이들을 공격하는 거야?!"

"리발 씨, 당신의 말은 들리지 않아요. 그들은 저의 주술 각인의 지배를 받고 있으니까. 자신의 의지로는 움직이지 않습니다."

"……친딸한테 그런 짓을 한다고? 믿을 수가 없군."

메트론의 주술 각인에 의해 강제적으로 사역을 당하고 있다.

그렇다면…….

"리발, 저 녀석을 공격하자. 본체를 해치우면 네 딸들도 해방될 거야."

"좋아."

"그렇군요. 현명한 판단입니다."

메트론은 소리 없이 웃었다.

"그런데 괜찮으시겠어요? 저를 죽이면 저 아이들도 목숨을 잃을 텐데요?"

"뭐……?!"

마치 벼락을 맞은 것처럼 리발의 움직임이 딱 멈췄다.

"주술 각인으로 연결된 저와 딸들은 일심동체의 존재. 부모가 죽을 때에는 자식도 같이 가는 겁니다. 그래도 상관없다면 마음대로 하시죠."

메트론은 양팔을 벌리고 완전히 무방비한 자세를 취했다. 그리고 천천히 리발 곁으로 다가왔다.

마음만 먹으면 언제든지 쓰러뜨릴 수 있는 상황.

하지만 리발은 마치 가위눌린 것처럼 꼼짝도 하지 않았다.

적의 심장을 찌르면, 그 순간 딸들도 목숨을 잃는다. 그 사실이 아버지인 리발을 꽁꽁 묶어버린 것이다.

메트론은 리발의 공격 범위 내에 들어가더니 그의 안면을 후려쳤다. 리발의 몸은 물수제비뜨듯이 바닥에 부딪치면서 날아갔다.

"리발!"

나는 메트론을 향해 검을 겨눴다.

"그만둬! 카이젤! 건드리지 마!"

"하하하! 자식을 인질로 잡힌 부모는 참으로 약하군요!"

메트론은 소리 높여 웃음을 터뜨렸다.

그리고 바닥을 기고 있는 리발을 내려다보면서 온화한 어조로 말했다.

"리발 씨. 소중한 딸을 잃고 싶지 않다면 이쪽에 가담해주세요."

"뭐라고……?!"

"그러면 사랑하는 딸들은 죽지 않을 겁니다. 저희 마족의 동료로서 앞으로도 함께 살아갈 수도 있을 겁니다."

메트론은 안경의 코걸이 부분을 손가락으로 밀어 올리더니 미소를 지었다.

"저는 마족이지만, 피도 눈물도 없는 악마는 아닙니다. 지금까지의 당신의 노고에 보답하는 의미에서 가능한 한 당신의 소원은 들어주고 싶습니다."

이어서 이렇게 말했다.

"오랫동안 당신의 호적수였던 카이젤과 용사의 피를 물려받은 그의 딸들. 자, 저희와 손잡고 그들을 쓰러뜨리지 않겠습니까?"

그것은 유혹인 동시에 협박이기도 했다.

그 말에 따르지 않으면, 딸들과 함께 있을 수 없다.

"내일 왕도에 대한 총공격을 개시할 겁니다. 그때까지 생각할 시간을 드리지요. 리발 씨. 저는 당신의 능력과 딸들에 대한 애정을 높이 사고 있습니다. 좋은 대답을 기대하도록 하죠."

그렇게 말하더니——.

메트론은 전송 마법을 발동시켜 리발의 딸들과 함께 사라졌다.

그들이 있었던 장소에는 밤의 어둠만 남아 있었다.

우리는 한동안 그 자리에 못 박힌 듯이 서 있었다.

왕도로 돌아온 우리는 우리 집에서 작전회의를 시작했다.

내일 메트론이 리발의 딸들을 데리고 왕도를 침공할 것이다.

전력 자체는 그다지 위협적이진 않았다.

메트론은 전투력이 뛰어난 마족은 아닌 것 같았고, 리발의 딸들도 주술 각인에 의해 강화됐어도 어떻게든 대처할 수 있다.

문제는 메트론의 주술 각인이다.

그놈의 말을 전적으로 믿는다면 그놈을 죽이는 순간, 주술 각인으로 연결된 리발의 딸들도 목숨을 잃게 된다.

그것이 골치 아픈 문제였다. 함부로 손을 댈 수 없었다.

그렇다면 주술 각인을 해제할 수는 없을까? 그것도 마법의 일종이니까. 그래서 그 방면의 전문가에게 물어봤다.

"──유감이지만 그건 어려울 거야."

그렇게 대답한 사람은 에트라였다.

대현자라고 칭송받는 마법사인 이 사람이라면 해제할 수 있을지도 모른다고 생각했다. 그러나 대답은 부정적이었다.

"너처럼 대단한 마법사여도, 안 돼?"

"나처럼 대단한 마법사여도, 안 돼."

에트라는 딱 잘라 대답했다.

"네 이야기를 들어보니 그것은 태어날 때부터 새겨진 각인이라고 하던데. 그렇다면 이미 그 아이들의 육체와 깊이 연결되어 있을 거야."

그러더니 말을 이었다.

"주술 각인을 해제하는 것 자체는 가능하다고 봐. 하지만 외부에서 함부로 그런 것을 시도했다가는, 틀림없이 그 아이들의 육체가 버텨내지 못할 거야."

에트라한테도 어려운 일이란 말인가.

"메릴, 혹시 당신은 할 수 있지 않나요?"

엘자가 물어봤다.

"으음―. 어려울 것 같아―. 게다가 나는 남의 마법을 해제하는 것은 특기가 아니라서―."

다 같은 마법사라도 각자 특기 분야는 다르다. 메릴은 현자라고 칭송받는 마법사지만, 마법 해제는 굳이 따지자면 자신 없는 분야에 속했다.

그래도 보통 사람이 보기에는 탁월한 능력이었지만.

에트라와 메릴의 능력으로도 쉽지 않다면, 주술 각인을 해제한다는 방법은 쓸 수 없다. 이대로 가다간 전면적으로 대결하게 될 것이다.

"무슨 방법이 없을까요……?"

"으―음……."

"고민할 필요가 뭐가 있어?"

그렇게 말한 사람은 레지나였다. 구석 자리에서 다리를 꼬고 앉아 있던 레지나는 퉁명스러운 말투로 이야기를 계속했다.

"적의 전력은 우리보다 약하잖아? 그럼 아무것도 생각하지 말고 해치우면 돼. 그냥 그걸로 끝이잖아."

"……저기요, 레지나 씨. 그렇게 하면 리발 씨의 딸들도 희생된다니까. 지금까지 이야기를 안 듣고 있었어?"

"당연히 들었지. 듣고서 말하는 거야."

주변 사람들이 깜짝 놀라는 것이 느껴졌다.

그러나 레지나는 신경도 쓰지 않고 이야기를 이어나갔다.

"현재 그 주술 각인을 해제할 방법은 없잖아? 그럼 싸우는 수밖에 없지. 아니면 뭔데? 그냥 얌전히 적한테 죽고 싶다는 거야?"

일부러 악당처럼 구는 말투였는데, 그 말 자체는 틀리지 않았다.

주술 각인을 해제할 수 없다면 결국 싸워야 한다. 저항하지 못한다면 우리가 죽는다.

안나는 감정의 물결을 가라앉히려는 것처럼 잠깐 뜸을 들였다. 그리고 대답 대신 질문을 했다.

"……레지나 씨. 만약에 우리 아빠나 에트라 씨가 지금과 같은 상황에 부닥쳤다면, 그래도 당신은 검을 휘두를 수 있어?"

"이 녀석들은 애초에 그런 상황에 부닥치지도 않아."

레지나는 즉답했다.

"우와, 엄청난 신뢰구나."

"레지나 씨는 무뚝뚝해 보이지만, 동료에 대한 신뢰는 굉장하니까요."

레지나는 어험 하고 헛기침하더니 말을 이었다.

"그래도 만에 하나 그런 일이 생긴다면, 나는 망설임 없이 검을 휘두를 거야. 설령 동료를 베게 되더라도."

"에이, 그건 100% 거짓말이다."

"저도 그렇게 생각해요."

"뭐?"

"아빠를 베느니 차라리 자기희생을 할 타입이잖아? 레지나 씨는. 그런 자기 자신에게 취해 있을 것 같고."

"그래도 아버님의 추억 속에 영원히 남아 있을 수 있다면……이라고 생각하실 것 같긴 해요. 깊은 감정을 갖고 계신 분이라서."

"아, 에트라 씨를 벨 가능성은 충분히 있다고 생각하지만."

"…………."

레지나의 관자놀이가 꿈틀거리고 있었다.

누가 봐도 화가 난 모습이었다.

레지나가 멋있는 척하면서 뱉은 대사를 아무도 안 믿어주는 눈치였다.

"……역시 나는 아버지가 되고 나서 약해진 모양이야."

지금까지 회의를 방관하고 있던 리발이 천천히 자리에서 일어났다. 그리고 조용히 방에서 나가려고 했다.

"어디 가는 거야?"

그렇게 물어보자 리발이 뒤를 돌아봤다. 그는 얼굴에 띤 미소를 지우더니, 각오를 다진 말투로 말했다.

"나는 마족 측에 가담하려고 해."

"뭐──?!"

그가 던진 한마디가 좌중을 소란스럽게 만들었다.

"……진심이야?"

"응."

리발의 표정에 망설임은 없었다.

"나는 딸들을 해칠 수 없어. 그럴 바에야 차라리 마족 측에 가담해서 자네들과 싸우는 길을 선택하겠어."

"그것이 네가 선택한 길인가."

나는 그렇게 말했다. 그 직후.

"──그렇다면 이대로 너를 보내줄 수는 없지."

"지금 여기서 숯덩이로 만들어줄게."

레지나와 에트라는 각각 검과 지팡이를 들고 리발의 앞길을 가로막았다. 분위기가 험악해졌다.

"그냥 보내줘."

나는 레지나와 에트라에게 그렇게 말했다.

"카이젤……."

"너 제정신이야?"

리발을 이대로 보내주면 적의 전력이 강화된다.

그러면 우리가 이길 확률이 낮아진다.

여기서 해치우는 것이 올바른 대처일 것이다.

하지만.

"……카이젤. 고맙다."

리발은 나에게 고맙다고 인사한 뒤 날카로운 어조로 말을 이었다.

"그래도 봐주지는 않을 거야."

"……그래."

문이 닫히는 소리를 들으면서 나는 천장을 우러러봤다.

"저 녀석을 왜 그냥 보내준 거야?"

레지나는 힐난하는 투로 질문했다.

"자기중심적인 생각 때문이지."

"……자기중심?"

"내가 저 녀석과 같은 입장이었어도 아마 똑같은 선택을 했을 테니까."

딸들을 지키기 위해서라면, 설령 이 세상이 적이 되더라도 싸울 것이다.

리발의 그런 마음을, 선택을. 나는 뼈저릴 정도로 이해할 수 있었다.

그래서 이 자리에서 그를 해치우거나 붙잡지 못한 것이다.

내일 우리 둘 중에 누가 살아남더라도.

나는 일단 그 녀석을 딸들과 함께 있게 해주고 싶었다.

"……동정이냐. 시시한 감상이군."

그런 말을 내뱉은 레지나는 어쩐지 서글픈 표정을 짓고 있었다.

다음 날 아침.

밤의 잔재는 사라지고 세상이 은은한 빛으로 감싸일 무렵.

왕도 앞에 펼쳐져 있는 평원에는 적의 군세가 집결해 있었다.

메트론을 선두로 하여 스노우, 도로테아, 가넷이 나란히 있었고, 그 뒤에는 대량의 마물 군단이 대기하고 있었다.

메트론 옆에는 리발의 모습도 있었다.

"정말로 괜찮은 거지?"

나는 딸들에게 물었다.

"적의 목적은 너희들이야. 그리고 리발의 딸들과 싸우는 것은 괴로울 거야. 그러니까 모든 것을 우리한테 맡겨도 돼."

최악에는 리발의 딸들을 해치워야 할지도 모른다. 나와 레지나와 에트라 셋이서 그 모든 일을 떠맡을까 하는 생각도 했었다.

"아뇨. 괜찮습니다."

"우리도 싸울래. 그것이 책임이라고 생각하니까."

"난 아빠랑 같이 있고 싶으니까♪"

"……알았어."

딸들이 스스로 결정했다면 나도 할 말은 없다.

나는 메트론을 다시 돌아봤다. 그리고 질문을 던졌다.

"용케 감시하는 기사의 눈을 피해서 이렇게 많은 마물을 여기까지 끌고 왔구나. 전송 마법을 사용한 건가?"

"네. 리발 씨와 가넷 씨의 도움을 받았습니다. 저 혼자만의 마력으로는 해낼 수 없었을 거예요."

메트론은 그렇게 말하더니 자기 옆에 서 있는 리발을 힐끔 봤다.

"그가 가세해준 덕분에 이쪽의 전력은 크게 상승했습니다. 지금이라면 당신들을 쉽게 전멸시킬 수 있을 테죠."

"…………."

리발은 침묵을 지키고 있었다.

지금 무슨 생각을 하는 걸까. 그 태도만 봐서는 알 수 없었다.

"리발은 나한테 맡겨줘."

적군 중에서 제일 강한 것은 틀림없이 리발일 것이다. 그렇다면 내가 그를 상대하는 역할을 맡아야 한다.

"그럼 제가 스노우 씨를."

"나는 도로테아를."

"그럼 나는 가넷을 맡을게."

각자 대처할 상대를 결정했다.

"레지나, 안나의 호위를 부탁해도 될까?"

"──그래."

"나머지 잔챙이들은 전부 다 내가 해치워줄게."

에트라는 그렇게 말하더니 쑥스러운 듯이 말을 덧붙였다.

"카이젤, 기억해둬. 이번에 너 나한테 빚을 하나 지는 거야."

"너한테 빚지면 무서울 것 같은데."

나는 무심코 쓴웃음을 지었다.

적군의 대장인 메트론은 호전적으로 입을 일그러뜨리며 웃었다.

"──자, 그럼 시작할까요."

그리고 지휘봉 휘두르듯이 팔을 휘둘렀다.

전쟁의 막을 여는 것처럼.

우리는 모두 제각기 흩어졌다.

이미 여기저기서 전투가 시작된 것 같았다.

검이 부딪치고 마법이 작렬하는 소리가 들려왔다.

그런 전장 한복판에서 나는 제자리에 가만히 선 채 리발과 대치하고 있었다. 긴장된 공기 속에서 서로 이야기를 나눴다.

"카이젤. 어제는 미안했다."

"신경 쓰지 마. 내가 너였어도 그렇게 했을 거야."

"……그렇겠지."

리발은 바람 속에 녹아버릴 듯한 목소리로 조그맣게 중얼거렸다.

나는 여전히 리발을 쳐다보면서 질문했다.

"메트론의 신용을 얻기는 힘들지 않았어?"

"내가 기회를 봐서 그 녀석을 배신할지도 모른다. 그런 의심을 받았을 거라고? 그 점에 관해서는 아무런 문제도 없었어."

그런 말을 하더니——.

리발은 자기 복부를 드러냈다. 탄탄한 복근이 있는 그 복부에는 딸들과 같은 각인이 새겨져 있었다.

"내 생살여탈권을 넘겨주고 메트론의 신용을 얻었다. 그가 죽으면 나도 죽는 거야."

신용을 얻기 위해 자진해서 그놈의 손아귀에 들어간 건가.

보통 각오가 아니었다.

리발은 피식 웃었다.

"과거의 나였다면 이렇게 되지는 않았을 테지. 혼자였던 시절의 나라면, 인질을 잡혀도 망설임 없이 적을 해치웠을 거야."

"……그랬을지도 모르지."

"어느새 나는 약점이 많은 인간이 되어버렸어."

리발은 자조적으로 웃었다.

약점.

확실히 그건 그렇다.

하지만.

그것은 거꾸로 말하면, 자신의 핵심이 될 정도로 소중한 존재란 뜻이다.

"……돌이켜보니 지금까지 자네와는 몇 번이나 검을 부딪쳐왔지. 하지만 목숨을 걸고 사투를 벌인 적은 없었어."

"맞아."

"그러나 오늘. 나는 처음으로 자네를 진심으로 죽이려고 할 것이다."

리발은 검을 뽑더니 몸을 비스듬히 틀었다. 그리고 검을 귀 뒤쪽으로 높이 들어 올렸다. 자세를 낮추고, 칼끝으로 목표를 조준하는 것처럼 나를 쳐다봤다.

"그 녀석의 주술 각인의 힘 덕분에 지금의 나는 크게 강화됐다.

내가 원했던 방법은 아니지만, 어쨌든 자네를 해치울 수 있게
됐어."

그 눈에 적의가 깃들었다.

그것은 빼앗으려는 사람의 표정이 아니었다.

지키려는 사람의 표정이었다.

"내 딸들을 지키기 위해서라면, 나는 이 세상과도 싸울 수 있
어. 최고의 호적수와 그 딸들도 베어버릴 수 있어."

"나도 너와 마찬가지야. 딸들을 지키기 위해 싸울 거야. 그러기
위해서라면——이 손을 피로 더럽혀도 상관없어."

나도 검을 뽑고 자세를 취했다.

대치하는 우리들. 손에 쥐고 있는 것은 목검이 아니었다. 진검
이었다. 상대를 해치고 숨통을 끊어놓기 위한 도구.

그리고——.

누군가를 지키기 위한 도구.

"——결판을 내자, 카이젤! 오랫동안 이어져 온 우리의 이 관계
에서! 최후의 승자가 되는 사람은 나야!"

우리는 동시에 발을 내디디면서 검을 휘둘렀다.

상대의 소중한 것을 부수기 위해.

자신의 소중한 것을 지키기 위해.

엘자의 눈앞에서 하얀 공이 이리저리 튀고 있었다.

두 자루의 검을 쥔 스노우는 종횡무진으로 공격해왔다. 바람

마법을 구사해서 육지와 하늘의 공간을 완전히 지배하고 있었다.

하늘에서 급강하한 스노우는 지면에 착지하기 직전에 허공을 박차고 방향을 바꿔, 엘자의 공격 범위 안으로 뛰어들었다.

"윽……!"

엘자는 스노우의 찌르기 공격을 피하려고 했다.

그러나 상정했던 속도보다도 아주 조금 스노우의 움직임이 빨랐다.

직격은 면했지만, 그 칼끝이 복부를 스쳤다.

"전보다 더 빨라졌어……!"

주술 각인에 의해 강화된 것이리라.

스노우의 신체 능력은 몇 단계나 향상된 것처럼 보였다. 자신과 동등하거나 그 이상의 힘을 가지고 있었다.

"스노우 씨! 정신 차리세요!"

상대는 대답하지 않았다.

여전히 텅 비어 있는 눈. 의지가 없는 꼭두각시 인형처럼 계속 침묵하고 있었다.

또다시 스노우가 공격했다. 질풍노도의 기세로 검을 휘두르는 스노우 앞에서 엘자는 완전히 수세에 몰리고 말았다.

"이대로 가다간……!"

방어만 계속한다면 승기를 잡을 수 없다.

엘자는 각오를 다지고 반격에 나섰다.

공격 범위 안으로 뛰어든 스노우가 몸을 비틀면서 두 자루의 검을 휘둘렀다. 자유자재라서 종잡을 수 없는 칼놀림이었다.

하지만 엘자는 놓치지 않고 봤다. 딱 한순간, 때릴 수 있는 허점을.

──보았다!

"하아아앗!!"

카앙!

서로의 검이 부딪치는 소리가 울려 퍼졌다.

"──?!"

검이 튕기는 바람에 스노우의 몸이 공중에서 뒤로 젖혀졌다.

빈틈투성이였다.

엘자의 눈에는 분명히 이길 기회가 보였다.

황금의 실이 스노우의 몸까지 길게 뻗어 있었다. 이제는 그 실을 따라 검으로 쭉 그으면 이 싸움은 끝날 것이다.

──제가 이겼습니다!

엘자는 칼로 베려고 했다. 하지만 그럴 수 없었다.

"……윽?!"

자신의 의지와는 정반대로 몸이 움직이지 않았다. 마치 감전을 당한 것처럼.

마물을 벤 적은 수도 없이 많았다. 목숨을 빼앗은 적도 많았다.

하지만, 사람을 벤 적은 없었다.

그것도 자신과 친한 사람을 벤 적은.

스노우는 기사단의 후배였다.

자신을 좋아하면서 잘 따라줬다.

그리고 엘자도 스노우를 동생처럼 귀여워했다.

이미 각오는 했었다. 결심했을 것이다. 그러나 막상 그 상황이 되자, 몸이 자신의 말을 들어주지 않았다.

벨 수 없다면, 베이는 수밖에 없다.

스노우와의 실력 차이는 거의 없었다.

최후의 승자는, 그저 상대를 벨 각오를 한 사람일 것이다.

머리로는 그 점을 이해하고 있었다.

분명히 이해하고 있었을 텐데.

──벨 수 없어…… 나는……!

움직임을 멈춘 엘자. 그걸 본 스노우는 즉시 후퇴했다.

주술 각인에 의해 지배당하는 스노우에게는 망설임의 감정 따위 없었다. 사람을 베는 행위에 대한 각오는 이미 장착되어 있었다.

엘자는 그때 황금의 실을 봤다.

승리를 인도하는 빛.

그것은 스노우한테서 자신의 목으로 이어지고 있었다.

평원에서 좀 떨어져 있는 황무지.

몹시 울퉁불퉁한 지형.

높직한 언덕 위에 안나가 있었다. 안나가 날카롭게 응시하는 곳──맞은편 절벽 위에서는 도로테아가 미소 짓고 있었다.

『안나 씨, 당신은 비전투원이잖아요. 이런 곳까지 나와서 뭘 할 수 있다고 생각하는 거죠?』

언뜻 보면 도로테아가 이야기하는 것처럼 보였다.

하지만 평소의 도로테아를 쭉 봤던 안나는 알 수 있었다. 저것은 도로테아가 자기 의지로 말하는 것이 아니란 사실을.

메트론에게 조종당해서 강제로 악당처럼 굴고 있다.

"도로테아, 그것은 당신도 마찬가지잖아?"

『저는 우수한 지휘관이니까요 ♪』

도로테아는 그렇게 말하더니 간드러진 음성으로 지시를 내렸다.

『여러분! 자, 해치우세요!』

그 순간──.

도로테아가 서 있는 절벽 아래에 진을 치고 있던 마물 군단이 침공을 개시했다. 안나를 해치우기 위해 이쪽으로 다가왔다.

"레지나 씨!"

안나가 절벽 위에서 그렇게 부르자, 밑에 있던 사람이 움직였다.

"──나한테 맡겨."

레지나는 등에 메고 있던 대검을 뽑았다. 그리고 몰려오는 마물 군단을 향해 전진했다.

사방을 포위하는 적들. 숫자도 압도적으로 많은 그 마물들 앞에서도 레지나는 전혀 겁먹지 않았다. 빨간 머리카락을 마구 휘날리면서 적들을 차례차례 박살 냈다.

적들의 피를 온몸에 뒤집어쓰면서 날뛰는 그 모습은 마치 붉은 악귀 같았다.

『흐응……? 과연 A랭크 모험가답네요.』

도로테아는 그렇게 칭찬하면서도 아직 여유가 있는 표정이었다.

『하지만 혼자서 이렇게 많은 마물을 상대하기는 어려울 겁니다. 더구나 지휘관까지 지키려고 한다면 더더욱.』

그때 마물 군단이 움직였다.

등에 날개가 달린 박쥐 같은 마물──가고일들이 하늘을 날아 레지나의 머리 위를 통과하려고 했다.

그놈들은 안나를 노리고 있었다.

『검사는 하늘을 날지 못하지요♪』

도로테아가 의기양양하게 미소를 지었다.

그런데 그때──.

공중으로 발굽 형태의 참격이 번뜩이면서 발사됐다.

가고일들의 몸이 잇따라 쪼개지면서 단말마의 비명이 울려 퍼졌다. 그들은 철썩 맞은 모기처럼 힘없이 떨어졌다.

"나는 하늘을 날지 못하지만, 참격은 하늘을 날 수 있어."

레지나는 대검을 든 자세로 그렇게 말했다.

"이 정도는 별것도 아니야."

『……!』

도로테아는 하늘에서의 기습이 실패하자 초조한 표정을 지었다.

맞은편 절벽 위에 서 있는 안나는 사납게 웃고 있었다.

"그래, 분명히 내 카드는 한 장밖에 없어. 하지만 변변찮은 카드밖에 없는 당신과는 달라. 이쪽의 카드는 최강이거든.”

그리고 소리 높여 선언했다.

“내 두뇌에 레지나 씨의 무력이 더해진다면, 도깨비가 도깨비 방망이를 손에 넣는 격이지. 아무리 많은 적이 쳐들어와도 절대 지지 않아.”

“도깨비와 도깨비방망이라. 그럼 네가 도깨비구나.”

“응, 소중히 사용해줄게.”

그러더니 안나는 말을 이었다.

“레지나 씨! 오른쪽에 마물!”

다가온 마물을 발견하고 절벽 위에서 지시를 내렸다.

레지나는 즉시 반응했다. 그쪽을 돌아보면서 무기로 마물을 후려쳤다. 자신의 키만큼 커다란 대검의 파괴력은 절대적이었다.

그 후에도 안나는 마물 군단의 움직임을 부감하면서 계속 적확한 지시를 내렸다. 그것은 마치 바둑판 위를 지배하는 기사 같았다.

그런데 안나는 그 바둑판에 집중한 나머지 자기 주위에 대해서 는 소홀해져 있었다. 그새 가고일들이 안나에게 접근했다.

“질리지도 않는구나!”

레지나는 또다시 참격을 발사해 가고일을 격추했다.

지상으로 추락하는 가고일들──.

그중 한 마리의 발을 붙잡고 있는 사람이 있었다.

그때 안나는 눈치챘다.

맞은편 절벽 위에서 도로테아의 모습이 사라졌다는 사실을.

도로테아는 자기 주위를 다른 가고일들로 뒤덮어서, 자신이 가고일의 발을 붙잡고 이쪽으로 이동한다는 것을 눈치채지 못하게 했던 것이다.

　"이럴 수가……?!"

　안나와 레지나는 완전히 허를 찔리고 말았다.

　가고일의 발을 놓고 뛰어내린 도로테아는 처음에 있었던 장소의 맞은편——안나가 서 있는 절벽 위에 착지했다.

　『가넷과는 비교도 안 되지만, 저도 보통 사람 이상으로는 마법을 쓸 수 있답니다♪ 안나 씨를 해치우는 것쯤은 식은 죽 먹기예요.』

　도로테아는 안나와 대치하더니 손바닥을 들어 올렸다.

　그 직후에 거기서 불덩이가 튀어나왔다.

　"——윽!"

　안나는 아슬아슬하게 피하는 데 성공했다.

　그러나 안나의 전투력은 거의 없는 거나 마찬가지였다.

　도로테아가 발사하는 마법 앞에서 그저 이리저리 도망치는 수밖에 없었다. 방어에만 급급한 상태. 도저히 이길 기회를 찾을 수 없었다.

　"쳇…… 여기서는 닿지 않아."

　레지나가 혀를 찼다.

　차폐물이 없는 하늘이라면 또 모를까, 두 사람이 싸우고 있는 절벽 위까지는 참격이 닿지 않았다.

　레지나는 서둘러 안나 곁으로 뛰어가려고 했다. 그러나 대량의 마물들이 사방을 벽처럼 둘러막고 있었다.

이놈들을 다 해치우고 뛰어가 봤자 너무 늦는다.

『후후. 체크 메이트예요♪』

도로테아는 안나를 철저히 몰아붙이더니 미소를 지었다.

더 이상 도망칠 곳은 없었다.

『잘 가요——안나 씨.』

승리를 확신한 도로테아의 손바닥에서 불덩어리가 발사됐다.

그 불이 안나의 온몸을 태우기 직전에——.

갑자기 또 다른 마법이 날아와 불을 없애버렸다.

『앗——?!』

도로테아가 시선을 휙 돌렸다.

그 시선의 끝에 서 있는 사람은 에트라였다.

"그렇게 형편없는 마법으로 잘난 척하지 말아줄래?"

——다행이다. 늦지 않았구나.

안나는 안도의 한숨을 쉬었다.

"삼류 마법사의 마법을, 나 같은 초일류 마법사의 마법으로 맞받아치다니. 이건 아무래도 좀 어른스럽지 못한 걸까?"

"에트라…… 야, 너 다른 마물은 어쨌어?"

뒤늦게 쫓아온 레지나는 에트라를 보고 물어봤다.

에트라는 가볍게 코웃음을 쳤다.

"당연히 그 정도는 벌써 해치웠지. 잔챙이들밖에 없었는걸. 오히려 네가 너무 오래 걸린 거야."

"마법은 다수의 적을 상대할 때 편리하구나."

"글쎄, 그냥 네 검술이 별로라서 그런 거 아냐?"

"뭐?"

"왜, 뭐?"

서로 노려보면서 불꽃을 튀기는 두 사람.

"저기, 집안싸움은 그만둬."

안나가 나무라자 레지나는 혀를 차면서 일단 진정하더니 말을 이었다.

"그런데 에트라——너는 자기 일이 끝났다고 남을 도와주러 오는 성격이 아니잖아?"

"빨리 끝내고 도와주러 오면 빚을 없애주겠다는 말을 들었거든. 이봐, 너. 약속은 꼭 지켜야 한다?"

"응, 물론이지."

안나는 피식 웃은 뒤.

괴로운 표정을 짓고 있는 도로테아에게 눈길을 줬다.

"자, 그럼 계속해볼까. 도로테아. 모험가 길드의 상사로서 너를 제대로 지도해줄게."

왕도 정문 앞에 펼쳐진 평원.

그곳의 서쪽에서는 메릴과 가넷이 대치하고 있었다.

가넷의 표정은 초췌했다.

호흡이 거칠어져서 어깨로 숨을 쉬고 있는 상태였다.

이미 상당히 피로해진 것 같았다.

그에 비해.

메릴은 땀 한 방울 흘리지 않고 산뜻한 표정을 짓고 있었다.

"어라? 뭐야, 다 끝났어?"

지금까지 가넷은 노도와 같은 맹공을 펼쳤는데, 메릴은 그 모든 것을 완벽하게 회피했다.

『제기랄! 이거나 먹어라!』

가넷은 목도를 움켜쥐더니 단숨에 이쪽으로 달려들었다.

"우와―. 육탄전? 재미없다―."

메릴은 노골적으로 불만을 드러냈다.

가넷은 이쪽으로 확 다가와 목도를 높이 치켜들었다.

"에이, 거기서 여기까진 닿지도 않잖아?"

공격 범위 밖.

높이 들어 올린 목도를 힘차게 휘둘렀다.

그 순간――.

목도의 칼끝에서 마력이 방출됐다.

끈처럼 길게 늘어난 그 마력은 기존의 사정거리 밖까지 쭉 뻗어나가 메릴의 왼팔에 휘감겼다.

"오?"

『이것이 내 비장의 카드――라이트닝 윕이다. 목도인데도 채찍 같은 사정거리를 자랑하는 무기지.』

가넷이 히죽 웃었다.

『그리고 이 녀석은 한번 붙잡은 사냥감한테 초고압 전류를 흘려보낼 수 있어.』

"?!"

메릴의 왼팔에 감긴 번개 채찍을 통해서 가넷이 발사한 번개 마법이 전달됐다. 그 전류가 메릴의 온몸을 단숨에 꿰뚫었다.

메릴은 그 자리에 털썩 주저앉았다.

『으하하! 이 초고압 전류에 감전되고도 멀쩡히 서 있는 녀석은 한 놈도 없었어. 자, 너도 이제 끝이다! ──어?』

호탕하게 웃고 있는 가넷의 시야에 뭔가가 포착됐다. 그것은 아무 일도 없었던 것처럼 벌떡 일어나는 메릴의 모습이었다.

"아―. 실은 최근에 연구만 하느라 어깨가 굳었는데. 방금 그거, 진짜로 효과 좋았어―."

메릴은 태연하기 짝이 없었다.

"그나저나 그 번개 채찍 말이야. 좋은데?! 길거리 공연에서 써먹을 수 있겠어! 다음에 공연할 때 나랑 같이 해보자♪"

『마, 말도 안 돼. 거짓말이지?』

비장의 카드로 공격했는데도 전혀 효과가 없었다.

마법 내성이 너무 강한 것이다.

이것이 바로 현자라고 추앙받는 마법사──.

"가넷은 다양한 마법을 쓸 줄 아는구나? 멋져―! 있잖아, 좀 더 나한테 자랑할 만한 마법을 보여주지 않을래?"

『윽……! 날 우습게 보지 마!』

가넷은 목도에 번개 마법을 부여해 채찍을 만들어내더니, 다시 한번 메릴의 몸을 휘감으려고 힘차게 휘둘렀다.

"그건 이미 봤잖아. 레퍼토리가 다 떨어졌어?"

메릴은 실망한 것처럼 말하더니.

"그럼 이번에는 내 차례구나."

자신에게 날아온 번개 채찍을 가볍게 없애버린 뒤 손가락을 딱 튕겼다.

그러자 가넷의 발밑에 있는 지면이 갈라졌다.

거기서 기어 나온 것은 거대한 뿌리.

그것은 무성한 잡초의 뿌리를 비대화시킨 것이었다.

영창 파기의 상급 흙 마법.

기어 나온 뿌리는 가넷의 사지를 강하게 옭아맸다.

『꼬, 꼼짝도, 못 하겠어……!』

가넷은 빠져나가려고 했지만, 강한 마력으로 보호되는 뿌리는 꿈쩍도 하지 않았다.

완전히 사로잡히고 말았다.

메릴은 등 뒤로 손을 모으고 천천히 가넷에게 다가왔다.

『크윽…… 여기서, 끝인가.』

그렇게 가넷이 죽음을 각오한 순간.

훌렁.

가까이 다가온 메릴이 가넷의 옷을 치켜들었다.

『──허?』

"주술 각인을 해제하면, 가넷을 해치우지 않아도 되잖아? 시간을 들여 찬찬히 살펴보면 뭔가 알아낼 수 있을지도 모르고."

메릴은 양손을 꼬무락꼬무락 움직였다.

"자, 그러니까. 네 몸을 구석구석까지 마음껏 조사해줄게♪"

『흐아아아아아아아아악!』

평원에는 가넷의 비명이 울려 퍼졌다.

리발과 카이젤의 싸움이 시작된 지 얼마 후. 지금도 여기서는 여전히 완벽하게 대등한 사투가 벌어지고 있었다.

리발은 감탄을 금치 못했다.

자신이 칼을 휘두르면 카이젤은 이에 따라붙었다.

자신이 마법을 발사하면 카이젤은 이에 따라붙었다.

자신이 가지고 있는 최고의 카드를 사용할 때마다 카이젤은 꼬박꼬박 이에 대항했다. 전혀 뒤지지 않는 힘을 보여줬다.

이 싸움에는 각자의 운명이 달려 있었다.

여기서 패배하면, 자기뿐만 아니라 딸들의 미래도 사라져버릴 것이다.

그러니까 실은 절박한 상황일 것이다.

하지만.

리발은 웃고 있었다. 끓어오르는 고양된 기분을 억누를 수 없었다. 당장 눈앞에 있는 싸움이 즐거워서 견딜 수 없었다.

리발은 몸에 새겨진 주술 각인을 통해 메트론과 연결되어 있었다.

상급 마족인 메트론의 마력이 주입되고 있는 현재의 자신은, 평상시보다도 몇 단계나 더 실력이 향상됐다. 그렇게 자부하고 있었다.

이 정도면 카이젤도 이길 수 있다고 생각했다.

그러나 카이젤은 그런 자신에게도 잘 따라붙었다. 강화된 리발을 상대로도 완벽하게 대등한 싸움을 펼치고 있었다.

——역시 자네는 굉장해, 카이젤!

자신이 지금까지 살면서 유일하게 인정한 호적수.

그 실력이 지금도 건재하다는 것을 확인할 때마다 리발은 기쁨을 느꼈다.

"——역시 훌륭하구나, 리발."

그리고 카이젤도 리발과 마찬가지로 웃고 있었다.

온갖 사정이 얽혀 있음에도 불구하고, 당장 눈앞에 있는 싸움을 즐기는 것처럼 보였다.

——우리 둘 다 나이를 먹었어. 가진 것도 많아졌고. 옛날처럼 자기 자신을 인생의 중심에 두고 뭔가를 생각할 기회도 줄어들었지.

하지만 지금만은.

자네와 검을 맞대고 있는 이 시간만은.

그 옛날의 우리들로 돌아갈 수 있어.

오로지 강한 힘만을 추구했던 과거의 자신으로.

"꽤 느긋하게 싸우고 계시네요. 당신이 카이젤을 해치워주지 않으면 딸들도 죽는다는 사실을 잊지 마세요."

지고의 시간에 찬물을 끼얹는 듯한 목소리였다. 그것은 두 사람의 싸움을 하늘에서 관전하고 있는 메트론의 목소리였다.

"그런데 리발 씨. 당신은 정말 가엾은 분이군요."

메트론은 연민의 정을 느끼는 것처럼 말했다.

"피를 나누지도 않은 제 딸들을 키우느라 엄청난 시간을 들였고, 그 딸들을 지키기 위해 마족 측에 가담하고, 이제는 자기 목숨을 걸고 싸우고 있으니까요."

그리고 그것은 조소로 변했다.

"당신의 지난 십수 년 동안의 세월은, 오로지 당신의 적인 제 딸들을 강하게 키우기 위해 사용됐습니다. 그렇게 생각하면 참으로 허무한 인생이군요. 안 그렇습니까?"

──하기야 그럴지도 모른다.

리발은 싸우면서 속으로 그렇게 중얼거렸다.

──딸들을 키우기 위해서 나는 자기 인생의 태반을 바쳤다. 피를 나누지 않은 적의 자식을 강하게 키우기 위해서.

하루하루 너무 바빠서 개인적인 시간도 제대로 낼 수 없었다.

그 아이들을 키우느라 잃어버린 것도 많았을 것이다.

그 점만 본다면 허무하고 가엾은 인생일지도 모른다.

하지만.

"──나는 내 인생을, 조금도 후회하지 않아."

딸들과 함께 지낸 십수 년. 그것은 둘도 없이 소중한 나날이었다. 그것은 더없이 즐겁고 충실했었다.

행복했었다.

그토록 작았던 아이들이 나날이 쑥쑥 크면서, 조금씩 더 많은 일을 할 수 있게 되었다. 그것을 지켜보는 것이 즐거웠다.

그 아이들의 기쁨이 자신의 기쁨처럼 느껴졌다. 그 아이들이 난처해하면 뭐든지 자기가 해주고 싶었다.

──오직 자신만을 위해 살아갔던 내가, 처음으로 자신 이외의 누군가를 위해 뭔가를 해주고 싶다고 생각하게 되었다.

처음에는 카이젤의 딸들과 경쟁시키려고 키웠었다.

하지만 어느새 자신은 그 아이들이 그저 잘 살아가기만 하면 좋겠다고 생각하게 되었다. 그 외에는 아무것도 바라지 않는다고.

그러니까.

"설령 지금 그 아이들을 주웠던 순간으로 돌아가게 되더라도, 나는 다시 몇 번이든 같은 선택을 할 거야."

──카이젤, 자네도 이해하지?

나처럼 피가 이어지지 않은 딸들을 키워온 자네라면.

"메트론, 나는 자네에게 감사하고 있어. 딸들과 함께하는 둘도 없이 소중한 시간을 나에게 선물해줘서."

리발은 문득 미소를 지었다. 그리고 메트론을 쳐다보면서 말했다.

"오히려 자네가 더 가엾지. 딸들이 하루하루 성장해가는 그 모습을 옆에서 지켜보지 못했으니까."

"……그렇게 무의미한 시간은 저에게는 필요 없습니다."

메트론은 혐오하는 것처럼 그런 말을 내뱉었다.

"아무튼 빨리 결판을 내주세요. 당신이 이러는 사이에도 사랑하는 딸들이 위험해지고 있으니까요."

"──응, 그렇지."

리발은 그 말에 대답했다.

"이제 슬슬 지연 행위는 끝내볼까."

"……지연 행위?"

메트론은 의아하다는 듯이 얼굴을 찌푸렸다.

"……일부러 빨리 결판을 내지 않았다고? 대체 무엇을 위해서?"

"자네의 주술 각인의 구조를 해석하기 위해서."

리발은 메트론을 똑바로 보면서 말했다.

"우리에게 새겨진 주술 각인은, 자네의 체내에 있는 마력 회로에서 전송되는 마력에 의해 효력을 발휘하는 것이지. 그리고 그 주술 각인에 의한 연결은 일방적인 것이 아니야. 나도 자네한테 마력을 보낼 수 있다는 것을 알았거든."

'그러니까' 하고 말을 이었다.

"내 마력을 조금씩 자네에게 보내서, 자네의 체내에 있는 주술 각인을 발동시키기 위한 마력 회로를 조작하면 되는 거지. 그러면 마력 회로가 합선을 일으켜, 우리 딸들을 지배하는 마술 각인이 효력을 잃게 될 거야."

리발은 그렇게 말하더니 메트론에게 고했다.

"그리고 지금. 마침내 그 준비가 끝났다."

"······?!"

그 순간 메트론은 깜짝 놀랐다.

"아니, 주술 각인을 제어하는 마력 회로가 마구 흐트러져 있잖아······?! 말도 안 돼! 지금까지 나한테 안 들키고 이런 짓을 했다고······?!"

"일단은 내가 마법 학교 개교 이래 최고의 천재라고 불렸거든. 그 정도는 별것도 아니지."

리발은 피식 웃더니 곧바로 정색했다.

"자네가 그 애들의 아버지인 척할 수 있는 것은, 그 주술 각인이 있기 때문이야. 그 뒤틀린 부녀의 연은 여기서 끊어주마."

"크아아아아아앗?!"

리발이 주술 각인을 통해 자신의 마력을 보낸 순간──.

메트론의 몸이 안쪽에서부터 빛나기 시작했다. 공중에서 지상으로 뚝 떨어지더니 그대로 주저앉아 고통스럽게 몸부림을 쳤다.

주술 각인을 제어하던 마력 회로가 합선된 것이리라. 자기 몸속의 마력이 폭주 상태에 빠진 듯했다.

"······당신은 카이젤과 싸우고 있었잖아. 그렇게 싸우는 와중에, 이런 섬세한 마력 조작을 해냈다고······?!"

"카이젤은 내 의도를 이해해줬으니까. 서로 합을 맞춰서 일부러 치열한 싸움을 벌이는 척했던 거야."

그렇다──.

나는 리발과 싸우는 도중에 위화감을 느꼈다.

틀림없이 그는 전력을 다해 싸우고 있었다.

그러나 결정타를 가하려는 기색은 전혀 없었다. 결판을 내는 것을 뒤로 미루려는 듯한 의도가 느껴졌다.

상대는 리발이다. 무의미한 짓은 하지 않는다. 뭔가 계책이 있을 거라고 생각했다.

그래서 나는 그 행위에 어울려주기로 했다.

그런데 설마 주술 각인을 내부에서부터 해제하려고 할 줄이야.

딸들의 주술 각인을 외부에서 해제하려고 하면 그 아이들의 몸이 버텨내지 못할 것이다.

그래서 그는 주술 각인을 제어하는 메트론 본체에 간섭함으로써, 자기 딸들의 몸을 무사히 해방하는 데 성공한 것이다.

초일류 마법사라서 해낼 수 있는 일이었다. 하지만 그 일 자체는 에트라나 메릴도 마찬가지로 해낼 수 있었을 것이다.

그러나 일단 메트론 밑에 들어가 지배당하면서 딸들을 위해 목숨을 바치겠다는 결심. 그것은 오직 그들의 아버지인 리발만이 할 수 있는 일이었다.

리발의 계획은 성공했다. 딸들은 주술 각인의 지배에서 벗어났을 것이다. 그럼 이제는 메트론 본체를 해치우면 다 끝난다.

그런데 나는 일이 그리 쉽게 끝나지 않으리란 것을 깨달았다.

"리발…… 너, 아직 주술 각인이……."

전투 도중에 군데군데 찢어진 리발의 옷. 그 사이로 드러난 복부에는 여전히 주술 각인이 새겨져 있었다.

"마력 회로를 조작하려면 상시 접속을 해야 하거든. 아무래도 내 주술 각인을 푸는 것은 불가능했어."

리발은 그렇게 말하더니 희미하게 쓴웃음을 지었다.

"방금 그것으로 마력은 거의 다 써버렸다. ……카이젤. 미안하지만 더 이상 주술 각인의 지배에 저항하지는 못할 것 같아."

"──딸들의 주술 각인은 해제됐지만, 아직 나한테는 비장의 카드가 있어. 승리로 가는 길은 막히지 않았어!"

메트론은 양팔을 벌리더니 자기 마력을 해방했다. 메트론을 중심으로 불길한 빛이 평원 위에 반원형으로 퍼져나갔다.

리발의 몸은 그 빛 속에 삼켜졌다.

"리발!"

팽창된 그 불길한 빛은 이윽고 점점 수축됐다.

시야를 가리던 빛이 사라졌을 때. 그곳에는 거대한 마인(魔人)으로 변한 메트론이 있었다. 리발을 체내에 흡수한 것이리라. 그 거구는 터질 듯한 마력으로 가득 차 있었다.

『실은 제 딸들도 흡수할 생각이었는데…… 하는 수 없죠. 리발 씨 하나만 흡수해도 충분해요.』

마인으로 변한 메트론은 도전적인 눈빛으로 나를 내려다봤다.

『──참고로 저와 리발 씨는 일심동체. 저를 쓰러뜨리면 그 사람도 죽습니다. 당신이 과연 저를 쓰러뜨릴 수 있을까요?』

"……인질을 잡는 것을 참 좋아하는 녀석이구나."

나는 그렇게 비꼬면서도 속으로는 어떻게 할까 생각했다.

마인이 된 메트론은 상당한 힘을 지니고 있었다.

저 녀석과 싸우면서, 저 안에 빨려 들어가 동화된 리발을 끄집어낸다. 그것은 꽤 어려운 작업일 것이다.

리발과 싸우느라 지쳐버린 지금의 내 상태로도 그걸 해낼 수 있을까? 자칫하면 내가 죽을 수도 있다.

그런데 그때.

『카이젤, 괜찮아. 그냥 나까지 한꺼번에 해치워.』

"리발……?!"

머릿속에 리발의 목소리가 울려 퍼졌다.

메트론의 체내에서 통신 마법을 쓰는 건가.

『그러면 모든 것이 잘 해결될 거야. 자네 손에 죽는다면, 나도 바라던 바야.』

"하지만……."

『내 육체는 메트론과 완전히 일체화됐어. 정신은 아직 간신히 남아 있지만, 그것도 곧 흡수당할 거야.』

리발은 그렇게 말하더니 진지한 어조로 간청했다.

『이것은 자네한테만 부탁할 수 있는 거야. 내 평생의 호적수인 자네한테만.』

"…………."

하지만, 그래도──.

내가 그렇게 망설이고 있을 때였다.

"아빠님!"

"대디!"

"아버지!"

등 뒤에서 그런 목소리가 다가왔다.

뒤를 돌아보니 리발의 딸들이 뛰어오고 있었다. 그곳에는 우리 딸들과 레지나, 에트라도 있었다.

다행이다. 리발의 딸들은 무사히 주술 각인에서 해방된 모양이구나.

"아버님, 이게 대체 무슨 일이죠……?!"

"저 커다란 놈의 체내에서 리발의 마력이 느껴져. 흡수된 거겠지. 저 녀석을 쓰러뜨리면, 아마 리발도…….

에트라의 말에 도로테아가 반응했다.

"그럴 수가! 어떻게든 안 되나요?!"

"제기랄, 영감탱이……! 네 마음대로 죽어버리면 용서하지 않을 테다!"

"아빠님……!"

절박한 표정을 짓는 리발의 딸들.

그것을 본 내 가슴속에서는 망설임이 사라졌다. 나는 결의를 다지고, 마인에게 흡수당한 리발한테 고했다.

"리발. 미안하지만 네 부탁은 들어줄 수 없어."

『⋯⋯⋯⋯어째서?』

"너를 해치우면 네 딸들이 슬퍼할 테니까. 네가 딸들을 소중히 여기듯이, 네 딸들도 아버지를 소중히 여기고 있어."

딸들에게는 리발이——아버지가 필요하다.

'게다가' 하고 나는 말을 이었다.

"너는 나한테도 호적수야. 호적수이자, 소중한 친구다. 네가 사라지면 삶의 의욕이 없어질 거야."

오래된 호적수에게 느끼는 감정은 긴 세월에 걸쳐 어느새 친애의 감정으로 변했다.

너는 내 오랜 친구이자 유일한 육아 동지다.

너를 잃을 수는 없다.

그런 결의를 표명하듯이 나는 마인 속에 있는 리발에게 고했다.

"리발——나는 너를 꼭 구해낼 거야. 아무도 잃지 않고 이 싸움을 끝내겠다. 그리고 다 같이 왕도로 돌아가는 거야."

마인으로 변한 메트론한테 흡수당한 리발은 지금 혼탁한 정신 세계의 감옥 안에 있었다.

메트론의 시야를 통해 리발은 바깥의 광경을 보고 있었다. 카이젤과 딸들이 이쪽을 똑바로 응시하고 있었다.

"나는 메트론과 리발을 분리할게. 너희들은 나를 도와줘."

"⋯⋯오케이."

"맡겨주세요!"

"좋아! 한 방 먹여주마!"

카이젤의 말에 리발의 딸들이 기세 좋게 대답했다.

"저희도 돕겠습니다."

"지휘는 내가 할게."

"나도 멋진 모습을 보여줄래."

카이젤의 딸들도 가세하듯이 큰 소리로 말했다.

『그리 쉽게 접근하게 놔두진 않을 겁니다.』

메트론은 발아래의 지면을 움켜쥐더니 마치 돌팔매질을 하듯이 던졌다.

고속으로 날아온 돌덩이들은 하나하나가 치명상을 입힐 만한 위력이었다. 그것들이 빗발치듯이 쏟아졌다.

"스노우 씨!"

"오케이."

스노우는 두 자루 검을 쥐더니 그 자리에서 회전하기 시작했다. 회오리로 변한 스노우는 공처럼 이리저리 튀면서 돌덩이들을 튕겨냈다.

──스노우. 처음에는 검을 붙잡는 것조차 서툴렀던 네가, 지금은 나와 어깨를 나란히 하는 검사가 되었구나.

『끈질기네요. 그럼 이건 어떨까요?』

메트론은 가슴 앞에서 양손을 붙이더니 전송 마법진을 출현시켰다. 거기서 마물들이 우르르 쏟아져 나왔다.

"안나 씨! 지시를 주세요!"

"도로테아, 나한테 맡겨!"

도로테아는 안나의 지시대로 마물들에 대해 적절히 대처해나갔다. 두 사람은 놀랄 만큼 호흡이 잘 맞았다.

──도로테아. 어린 시절부터 나랑 결혼하겠다고 당당하게 말하던 네가, 지금은 다른 남자들이 가만히 내버려 두질 않는 멋진 사람이 되었어.

『이렇게 된 이상──마력 해방!』

메트론은 체내에 충만한 마력을 단번에 방출했다. 그것은 거대한 충격파가 되어 카이젤 일행을 집어삼키려고 했다.

"누님! 도와주세요!"

"오케이♪"

가넷과 메릴은 마법을 발동시켜서 그 충격파를 막아냈다.

──가넷도 마법 제어 능력이 몰라볼 정도로 좋아졌어. 제멋대로이긴 해도, 너는 그 누구보다도 승부욕이 강한 아이니까.

메트론에게 흡수되어 점점 자아를 잃어가는 상황──일종의 죽음을 앞둔 그 상황에서도 리발은 행복한 기분을 느끼고 있었다.

처음 만났을 때는 다들 구슬처럼 작고 약한 존재였다. 그러나 어느새 그들은 이토록 멋지게 성장했다.

"카이젤! 저 녀석과 리발을 분리할 마법을 검에 부여했어! 이것으로 저 덩치 큰 놈의 심장을 확 찔러버려!"

에트라가 카이젤에게 큰 소리로 말했다.

"리발은 아직 주술 각인의 지배를 당한 지 얼마 안 됐으니까,

일단 끌어내기만 하면 해제도 할 수 있을 거야."

"──그래, 알았어."

『가까이 오게 놔두진 않겠습니다!』

메트론은 온 힘을 다해 카이젤에게 대항하려고 했다.

그러나.

카이젤은 그 모든 공격에도 아랑곳하지 않았다. 탁월한 검술과 탁월한 마법으로 모든 공격을 무효화했다.

──카이젤. 역시 자네는 굉장해.

그렇게 싸우는 모습을 보고 리발은 감탄의 한숨을 흘렸다.

아까 검을 맞댔을 때 확실히 알았다.

자신은 카이젤을 이길 수 없다는 것을.

자신보다 카이젤이 더 강하다는 것을.

원칙적으로는 그것은 인정하기 어려운 사실이었다.

오랫동안 자신은 오직 그것만을 목표로 살아왔으니까.

──하지만, 이유가 뭘까……? 옛날에는 그토록 분함을 느끼면서 집착했었는데, 지금은 신기하게도 그런 기분이 들지 않았다.

『말도 안 돼……! 내 공격이 전혀 통하지 않는다고……?!』

모든 수단이 무효화되자 낭패하는 메트론. 카이젤은 침착하게 그에게 고했다.

"이제 끝내자. 메트론."

『제, 제기라아아아아아아아아알!』

"하아아아아아앗!"

카이젤은 공격 범위 안으로 파고들더니, 적을 칼로 찌르기 위해 힘차게 도약했다.

메트론은 카이젤을 후려치려고 모든 힘을 다해 오른팔을 휘둘렀다.

카이젤은 그 팔을 마법으로 날려버렸다. 그리고 무방비해진 메트론의 거체——그것의 심장 부분에 깊숙이 칼을 찔러 넣었다.

그 순간. 에트라가 부여한 마법이 발동됐다.

리발이 갇혀 있던 메트론의 정신세계. 그 공간이 심하게 일그러지더니, 바깥 세계로 통하는 균열이 생겨났다.

거기서 나타난 사람은 카이젤이었다.

십수 년이나 리발이 그 뒷모습을 쫓았던 남자.

호적수이자, 최고의 친구이기도 한 남자.

그는 리발의 눈앞에 도착하자 손을 내밀었다.

"돌아와, 리발."

카이젤은 미소를 지었다. 그리고 도전적으로 말했다.

"아직 우리의 싸움은 결판이 나지 않았잖아?"

——고마워. 카이젤.

리발은 피식 웃으면서 그 손을 잡았다.

그곳은 빛이 비치지 않는 어두운 바다 밑바닥 같았다.

아무런 소리도 들리지 않는 조용하고 차가운 공간.

자신은 그 후에 죽은 걸까…….

리발은 바다 밑바닥에 드러누워 멍하니 생각을 하고 있었다.

──그래도 후회는 없어. 미련도. 자신이 할 수 있는 일은 했으니까.

한참 후. 바다 밑바닥에 한 줄기 빛이 비쳤다.

그것은 눈부시고 따뜻했다.

천천히 그것을 건드려봤다.

그 빛에서는 바깥 세계의 목소리가 흘러나오고 있었다.

"일단 주술 각인은 해제했으니까. 운이 좋으면 눈을 뜰 거야. 어쩌면 두 번 다시 일어나지 못할 가능성도 있지만."

이야기하는 사람은 에트라인 것 같았다.

──그런가…… 주술 각인은 해제됐구나.

과연 대현자님이시다.

하지만 더 이상 눈을 뜨지는 못할 것 같았다.

메트론한테 흡수당하는 바람에 정신적으로 심한 타격을 받은 듯했다.

이 깊은 바다 밑바닥에서부터 아득히 높은 곳에 있는 지상까지 기어 올라간다──그럴 만한 기력이 지금의 리발에게는 남아 있지 않았다.

게다가 이제는 꼭 하고 싶은 일도 남아 있지 않았다.

딸들은 훌륭하게 성장했고, 카이젤과의 오랜 싸움도 이미 결판이 났다.

──지금의 나는 빈껍데기다.

바로 그때였다.

빈껍데기처럼 희박했던 자신의 몸에 무게감이 느껴졌다.

아마도 외부 세계에 있는 자신의 몸 위에 뭔가가 올라온 것 같았다.

비쳐 드는 빛줄기를 통해 바깥의 상황을 살펴봤다.

──이것은…….

리발의 눈에 보인 것은 엉엉 우는 세 명의 딸들이었다. 그들은 바닥에 누워 있는 리발의 몸에 달라붙어 열심히 그를 부르고 있었다.

"아빠님…… 아직 가르쳐줬으면 하는 것이, 잔뜩 있는데. 그러니까 죽지 마……. 우리를 두고 가지 말아줘……!"

"대디! 저, 지금까지 계속 착한 아이로 살았어요! 그러니까 저의 이기적인 소원을 하나쯤은 들어주세요! 제발 돌아와요……!"

"이 영감탱이야! 우리한테 말도 없이 죽는다고? 용서할 수 없어! 아직…… 당신한테 아무것도 돌려주지 못했는데……!"

사랑하는 딸들이 울고 있었다.

어린아이처럼 눈물 콧물을 줄줄 흘려 엉망이 된 얼굴로.

그 광경을 본 순간, 리발의 가슴속에서 뜨거운 것이 울컥 치밀었다.

——아아, 맞다.

——저 아이들을 슬프게 하면 안 된다.

어두운 바다 밑바닥에 가라앉아 있던 리발은 천천히 몸을 일으켰다. 그리고 새어드는 빛줄기가 비춰주는 의식의 끈을 향해 손을 내밀었다.

바깥 세계로 나가려고 위로 올라갔다.

느리게. 그러나 꾸준히.

그 끝없는 길을 가면서 리발은 자기 마음에 대고 끊임없이 자문해봤다.

지금까지는 나는 계속 이기면서 살아왔다.

계속 이겼기 때문에 나는 나로서 존재할 수 있었다.

마법사 명문가에 태어나 천재 마법사로 이름을 날렸으니까. 남들보다 더 뛰어나다는 것을 보여주는 것이 나의 존재가치였다.

그래서 처음 카이젤에게 패배했을 때는 비정상적으로 그에게 집착했었다.

계속 이기는 것이 자신의 정체성인데, 그것을 잃어버리면 자신은 아무 가치도 없는 존재가 되어버리니까.

하지만.

아까 카이젤한테는 이길 수 없다는 사실을 인정했을 때는, 분함이 아니라 왠지 상쾌한 기분이 느껴졌다.

이유가 뭘까?

나이가 들어 성격이 둥글어졌기 때문일까?

아니면 카이젤한테는 이길 수 없다는 사실을 어렴풋이 알고는 있었는데, 마침내 그걸 인정하게 돼서 어깨의 짐을 내려놓았기 때문일까?

……모르겠다. 어째서 나는 그런 기분을 느낀 걸까.

그러는 사이에 긴 여행의 목적지에 도착했다. 의식의 실에 의지해, 어둡고 깊은 바다 밑바닥에서 바깥 세계로 빠져나갔다.

눈 부신 빛으로 눈앞이 가득 찼다가 서서히 시력이 돌아왔다.

그리고——.

엉엉 울고 있는 딸들과 눈이 마주쳤다.

"아빠님!"

"대디!"

"아버지!"

눈을 뜬 리발을 보자마자 딸들의 얼굴에서는 두꺼운 먹구름이 확 걷혔다. 그들은 희색이 만면하여 와락 그를 끌어안았다.

——아아, 그렇구나.

딸들의 따뜻함을 피부로 느끼면서 리발은 깨달았다.

계속 이기지 않으면, 특별한 누군가로서 존재할 수 없다고 생각했다.

하지만.

이 아이들의 아버지가 됨으로써 그런 생각은 사라져버렸다. 더 이상 나는 누군가로서 살아갈 필요가 없어진 것이다.

옛날에 비하면 나는 소중한 것을 많이 가지게 되었다. 그것은 약점이라고 할 수 있을지도 모른다.

결국 나는 약해진 걸까?

아니면 강해진 걸까?

어느 쪽이든 상관없다.

지금 나는 틀림없이 행복하니까.

리발은 자신에게 달라붙는 딸들을 자기 팔로 끌어안았다.

후기

오랜만에 뵙습니다. 토모바시입니다.

1년 만에 간행하게 되었습니다. 오래 기다리시게 해서 죄송합니다……!

『S랭크 파더콤』은 만화책으로도 간행되고 있는데요. 소설이 먼저 간행되기 시작했음에도 불구하고 어느새 만화책 권수가 더 많아졌습니다. 아이고, 민망해라……!

여기서부터는 근황 보고를 해볼게요.

작년 연말에 말이죠. 약 10년 만에 중학교 동창들과 함께 술을 마시러 갔습니다.

중학교 시절에는 같이 게임이나 하는 코흘리개였던 그 친구들이, 지금은 완전히 훌륭한 어른이 되어 있더라고요.

그들이 내놓는 대화 주제 카드는 주로 일, 결혼, 자식이었는데요. 애니메이션이나 게임이나 만화 이야기 카드밖에 안 가지고 있는 저는 완벽하게 궁지에 몰리고 말았습니다.

제가 애니메이션을 보고 게임을 하고 만화책을 읽고 라이트노벨을 쓸 때, 그 친구들은 모두 다 착실하게 어른의 코스를 밟아가고 있었던 거죠. 그것을 깨닫고 전율했습니다.

자식이 태어났을 때 울 뻔했다는 동창의 이야기를 듣고 저는 기억을 더듬어봤습니다. 최근에 자신이 울 뻔했던 때는 언제였지? 하고. 그것은『봇치 더 록』애니메이션을 보고『슬램덩크』영화를 봤을 때였습니다. 아니, 사실 곰곰이 생각해보니 희로애락의 모든 감정이 창작물의 영향만 받고 있더라고요. 맙소사, 이 녀석. 현실 세계와는 동떨어져 살고 있잖아? 자신도 좀 질릴 정도였습니다. 하지만 말이죠. 뭐, 이것도 나름대로 나쁘지 않은 생활이 아닐까? 하는 생각도 듭니다. 동창은 자기 자식이 잘 자라기를 기대하고 있을지도 모르지만, 저는 올해 발매될『젤다의 전설』신작을 기대하고 있거든요. 아, 저는 브레스 오브 더 와일드의 젤다 공주가 개인적으로는 최고로 귀엽다고 생각하는데요. 인터넷상에서 놀림 받는 것을 보면 '왜 이 매력을 모르는 거지?!' 하고 분개하곤 합니다. 아니, 분개하는 대상이 좀 이상한가.

지금부터는 감사 인사를 드리겠습니다.

담당 편집자 H님, 이번에도 정말 신세를 많이 졌습니다!

노조미 츠바메 선생님. 멋진 일러스트를 그려주셔서 감사합니다! 매번 일러스트를 보는 것이 큰 즐거움이에요!

그리고 서적 출판에 도움을 주신 모든 분께도 감사를 드립니다.

특히 이 책을 읽어주신 독자 여러분께 가장 큰 감사의 마음을 표시하고 싶습니다. 즐겁게 보셨다면 작가로서 그보다 더 기쁜 일은 없을 거예요.

그럼 다음에 또 만나요!

S RANK BOUKENSHYA DE ARU ORE NO MUSUME TACHI WA
JYUUDO NO FATHER COMPLEX DESITA Vol.05
©2023 Kametsu Tomobashi
First published in Japan in 2023 by OVERLAP, Inc.
Korean translation rights reserved by Somy Media, Inc.
Under the license from OVERLAP, Inc., Tokyo JAPAN

S랭크 모험가인 내 딸들은 심각한 파더콤이었습니다 5

2024년 1월 15일 1판 1쇄 발행

저　　　자	토모바시 카메츠
일 러 스 트	노조미 츠바메
옮 긴 이	한수진
발 행 인	유재옥
이　　　사	조병권
출판본부장	박광운
편 집 1 팀	박광운
편 집 2 팀	정영길 조찬희 박치우 정지원
편 집 3 팀	오준영 이해빈 이소의
디자인랩팀	김보라 박민솔
디지털사업팀	박상섭 김지연 윤희진
라이츠사업팀	김정미 맹미영 이윤서
영업마케팅팀	최원석 박수진 박소연
물 류 팀	허석용 백철기
경영지원팀	최정연
인쇄제작처	㈜코리아피엔피
발 행 처	㈜소미미디어
등　　　록	제2015-000008호
주　　　소	서울시 마포구 토정로222, 403호 (신수동, 한국출판콘텐츠센터)
판매 및 마케팅	(070) 8822-2301

ISBN 979-11-384-8143-4 04830
ISBN 979-11-6611-499-1 (세트)